„Wir arbeiten um uns selbst zu verbessern - und den Rest der Menschheit."

Jean-Luc Picard

Für Irmgard

Bibliografische Informationen der Deutschen Nationalbibliothek:
Die Deutsche Nationalbibliothek verzeichnet diese Publikation in
der Deutschen Nationalbibliografie; detaillierte bibliografische
Daten sind im Internet über dnb.dnb.de abrufbar.

© 2023 Benjamin Nickert
Herstellung und Verlag: BoD - Books on Demand, Norderstedt

ISBN: 978-3-7519-5365-8

Geschichten aus Herties **KaDeWe**

Inhaltsverzeichnis:

Kapitel 1:

Willkommen im KaDeWe

Der Fernseher knackt und rauscht, bis er den nächsten Sender gefunden hat. Noch die Antenne ausrichten und - ahh, jetzt wird das Bild klar. Eine Frauenstimme fängt an, aus dem blechern klingenden Lautsprecher zu sprechen: *„...mit der Wundersauberformel von Ceraclean wird auch ihr Kochfeld makellos sauber...".* Eine Stimme sagt plötzlich: „Schalt mal um, Johannes". Ein Finger drückt die Nummer 1 auf der leicht vergilbten Fernbedienung und das Bild im Fernseher verschwindet. Der Kasten rauscht und knackt. Es dauert einige Momente bis der in Holzoptik gehaltene Fernsehapparat den neuen Sender eingestellt hat. Die Mattscheibe flackert und rauscht. Dann wird ein Bild sichtbar. Leicht kratzig, aber klarer werdend fängt die Kiste an zu sprechen: *„Das Kaufhaus des Westens! - Das einzige, Das größte, Das beste! Kommen Sie in das einzige Kaufhaus in Westberlin und lassen sich verzaubern. Kommen Sie in das Kaufhaus des Westens am Wittenbergplatz."*

Am Wittenbergplatz.

Laut kreischen die Räder der Untergrundbahn. Ein Zug am Hebel und die Türen der Wagen der U1 öffnen sich. Als nächstes strömen Massen an Menschen aus dem Zug in Richtung der Treppe. Männer, Frauen, alte, junge, Berliner und Touristen. Alle gehen in die gleiche Richtung. „Zurückblaib'n", ertönt es schallend und quäkend aus der Lautsprecheranlage des Bahnsteigs. Ein Warnton ertönt und die Türen schließen sich ratternd und stolpernd. Dröhnend beschleunigt der Zug und fährt aus dem Bahnhof. Die Menschenmassen stolpern die Treppen hinauf, schnellen durch die Bahnhofshalle und verlassen in Richtung Wittenbergplatz die Halle. Ein paar Menschen, vor allem Touristen halten sich noch in der Bahnhofshalle auf. Viele lassen sich vom Marktschreier aufhalten. *„Eeerrdbeeeren, Erdbeeren, das Pfund 2 Mark 50 - schlagen Sie jetzt zu - Erdbeeeeren, frische Erdbeeren nur 2,50 das Pfund"* wiederholt er immer und immer wieder. Nebenan steht ein Zeitungsjunge mit der neuesten Illustrierten. Er hält sie hoch in die Luft und bewirbt sie mit den wichtigsten

Artikeln darin: „*Lesen Sie über die ersten Menschen, die den Atlantik in einem Heißluftballon überqueren - Großbritannien wird Weltmeister im Springreiten - lesen Sie die neuesten Nachrichten*". Allmählich bildet sich eine Schlange vor dem Zeitungsjungen. Ein älterer Herr fragt nach einer Zeitung. Er nimmt eine Ausgabe und will bezahlen, als ihm die Münzen aus der Hand fallen und quer über den Granitboden der Eingangshalle kullern und er ihnen hinterher stolpert. So langsam leert sich die Halle. Die Menschen verteilen sich auf dem Wittenbergplatz. Doch viele gehen in ein großes Gebäude. Unter dem Gesims steht in großen Lettern geschrieben - *KAUFHAUS DES WESTENS*. Da ist es also. Das größte Kaufhaus in Westberlin. Egal ob Bekleidung, Schmuck oder Accessoires, Haushaltswaren oder Lebensmittel - Spielzeug oder noch etwas Kuchen - alles findet man hier auf fünf Etagen verteilt. Tritt man ein, betritt man eine neue Welt. Alles funkelt und glitzert - ist verziert und dekoriert. Zu jeder Saison neu und anders, aber einzigartig. Immer hell und freundlich begrüßt das KaDeWe jeden einkehrenden Gast, egal ob Bummler oder Schnäppchenjäger, egal ob Jung oder Alt, ob Mallwalker oder GrannySmith - für jeden hat das KaDeWe immer etwas Neues, aber auch alt Bewährtes. Eines steht fest - sobald die Tore geöffnet werden, hält Leben Einzug in diesem Haus. Tritt man durch die kleine Eingangspforte, überrascht der erste Eindruck. Denn man betritt eine gewaltige Halle, in der man den Blick schweifen lassen kann und sich fühlt wie in einem Dom. Das Zentrum der Halle wird durch eine reichhaltig verzierte Freitreppe eingefasst, über die man in die erste Etage gelangt. Unmittelbar davor befindet sich die Rezeption, an welcher mehrere Damen den Gästen behilflich sind und nur wenige Wünsche ausschlagen. Die Struktur ähnelt der einer Kathedrale. Rechts und links von der Rezeption ragen massive, dorische Marmorpfeiler in die Höhe. Diese münden in einem Gesims, welches sich in einer halbrunden Apsis trifft. Das Halbrund wird durch hohe, lange Fenster aufgebrochen. So fällt viel Licht in die Halle - das macht sie hell und freundlich. Die Fenster sind mit floraler Ornamentik ausgeschmückt und werden durch kleine Rundbögen begrenzt, welche das Gesims berühren. Auf dem Gesims liegt ein gewaltiges

Oberlicht-Gewölbe. Dieses Gewölbefenster besteht aus vielen kleinen viereckigen Glasscheiben, die in einem Eisenskelett eingefasst sind. Jede Glasscheibe ist mit Rauten und einer Lotusblüte in der Mitte verziert, wodurch ein detailliertes florales Geflecht entsteht. An dem Gewölbe hängen vier opulente, verchromte und mit Tropfkristallen ausgeschmückte Kronleuchter. Die Freitreppe geleitet einen bis in die oberste Etage. Die jeweiligen Seitenflügel sind durch geschwungene Übergänge miteinander verbunden. Von dort aus kann man alles überblicken. Schmuck und Accessoires, Kleidung und Spielwaren, Wiener Café und die Silberterrassen - alles unter einem Dach - alles in einem Raum. Die Silberterrassen sind ein besonders beliebtes und meist ausgebuchtes Etablissement direkt unter dem Dach in der obersten Etage. Aber keine Sorge, die Silberterrassen sind bequem mit dem hölzernen Fahrstuhl zu erreichen. Jedoch - ohne Reservierung wird es schwierig einen freien Tisch zu bekommen. Ebenfalls schreibt die vornehme Klasse einen strikten Kleidungsstil vor. Die Herren im Anzug und die Damen ganz in Weiß. Wenn man aber in den Silberterrassen sitzt, bestechen diese durch eine durchgängig einheitliche Einrichtung und Dekoration. Die Wände und Säulen sind mit dunklem Nussholz verkleidet. In den Säulen eingelassen sind Spiegel mit einer Gravur zweier Rosenblätter. An den Säulen selbst hängen versilberte Rosenblätter, die in den Raum hineinragen. Diese werden vom Licht der Deckenbeleuchtung angestrahlt und funkeln und blitzen. Solange man auf sein Essen wartet nimmt dessen Platz ein Silberteller ein. Dieser wird erst dann ausgetauscht, wenn das Essen serviert wird. Drei Gänge sind klassisch, aber auch ein Stück Kuchen, Kaffee oder ein Espresso darf es sein. Rauchen ist natürlich drinnen gestattet, aber auch draußen auf der Terrasse der Silberterrassen gern gesehen. An einem warmen Sommertag wird dort - mit dem Blick auf den Wittenbergplatz gerne gesessen. Tritt man in die Halle des KaDeWe's, wird man jedoch rechter Hand zuerst vom Kuchenbuffet des Wiener Café's begrüßt. Es gibt so gut wie keinen Kuchen und kein Gebäck, was man dort nicht kaufen kann. In dem viereckigen Karree werden einem sämtliche Wünsche um Kuchen erfüllt. Ob zum hiesigen Verzehr oder zum Mitnehmen, ob Kuchenstück oder gleich die ganze Torte - hier geht es immer um den Geschmack. Täglich werden sämtliche Spezialitäten frisch zubereitet, dekoriert, präsentiert und verkauft.

KaDeWe - 4:00 Uhr morgens.

Es ist noch dunkel. Es regnet. Bereits seit gestern Nachmittag. In einem monotonen Rauschen prasselt der Regen auf die Berliner Dächer. Ein Auto fährt auf der Tauentzienstraße in Richtung Wittenbergplatz. Seine Scheinwerfer spiegeln sich in dem nassen Dunkel des Asphalts. Kurz hinter ihm überquert eine dunkel gekleidete Person die Straße, nur angeleuchtet von einer funzeligen Straßenlaterne. Sie verschwindet in einer Seitengasse. Die Person nähert sich einer Tür und schlüsselt am Personaleingang des KaDeWe's in der Passauer Straße. Konditor Albert murmelt leise vor sich hin: „Ah, geh schon auf. Was ein Wetter. Jetzt bloß nicht verkühlen." Endlich. Albert öffnet die Tür, tritt ins Dunkel und schließt sie hinter sich. Stille.

Nur der Regen ist zu hören. Ein geübter Dreh am Schalter und allmählich klimpern Neonröhren und es wird hell. Es ist ruhig - nur das leise Summen der Lampen ist zu hören. „Schön, na dann" sagt Albert sich, streift seinen Regenmantel ab, verstaut ihn in seinem Spind und zieht sich seine weiße Schürze an. Noch das Haarnetz aufsetzen und dann frisch ans Werk. Oben im KaDeWe befindet sich die Backstube. Albert fährt mit einem Aufzug in die fünfte Etage. Er schaltet die Öfen ein, da sie vorgeheizt sein müssen, wenn die anderen Konditoren kommen. In der Zwischenzeit bereitet Albert einen Brötchenteig zu. Einfache Schrippen, aber auch Kaiserbrötchen werden in der Lebensmittelabteilung von der Kundschaft gerne genommen.

Im Wiener Café - 6:00 Uhr morgens.

Mittlerweile sind Zehn Bleche mit jeweils 60 Brötchen fertig geformt. Da tritt ein Mann im gelben Mantel durch die Tür. „Brrr - ist das kalt heute. Und dazu der Regen - man o'man." Er zieht sich um, kommt in die Backstube und begrüßt Albert: „Guten Morgen Herr

16

Kollege." „Guten Morgen Hans", entgegnet Albert. „Haben Sie vorgestern auch das Finale vom Springreiten gesehen", fragt Hans. „Nachdem Belgiens Reiter vom Pferd gefallen war, konnten die Engländer das Finale doch noch für sich entscheiden - was ein Spektakel." „Ich bitte Sie", erwidert Albert: „Dieser Reiter aus Wales hat den Belgier doch geradezu vom Pferd gestoßen. Spektakulär war das auf keinen Fall. So ein unsportliches Verhalten." „Die Engländer haben verdient gewonnen!", lässt Hans beleidigt verlauten, wendet sich von Albert ab und schreitet mit langen Schritten aus der Backstube in die Vorratskammer. „*Was ist mit Sahne umhüllt, mit Mandeln verziert und mit Kirschen besetzt? Das Aschenputtel ist es nicht ...*", summt Herr Reiber leise vor sich hin, als er die Zutaten für einen Frankfurter Kranz zusammensucht. Die Vorratskammer ist nicht gerade groß, und da dort eine weiße, emaillierte Lampe..: „Au, oh - mein Kopf", ächzt er.

Albert hatte nie Probleme sich in der Vorratskammer zu bewegen. Kein Wunder, denn er ist bald einen Kopf kleiner als Hans.

Hans Reiber ist ein großer, stämmiger Mann. Ein Junggeselle. Er lebt in einer kleinen Wohnung nicht weit vom Wittenbergplatz entfernt. Er liebt das Backen und ist glücklich im KaDeWe zu arbeiten. Als er hier anfing, war er noch rank und schlank. Mittlerweile ist er etwas fülliger geworden. Er sagt immer, das käme vom vielen Probieren. Denn er arbeitet hier nun bereits seit zehn Jahren. Trifft man ihn in seiner Freizeit an, wird man ihn immer elegant gekleidet im Anzug antreffen. Er meint, das gehöre sich so, denn Kleider machten schließlich Leute. Weshalb er immer darauf bedacht ist, dass seine Schürzen möglichst sauber und gepflegt sind.   Es poltert, ein Blecheimer kippt scheppernd um und wenige Momente später kommt Herr Reiber mit allerlei Zutaten aus der Kammer gestolpert. Er schnellt zum nächsten Tisch und verteilt die Zutaten. „Mehl, Eier, Butter, Milch - Mandeln, Sahne und Kirschen. Alles da", vergleicht er mit dem Rezept. Aus einem Schrank neben der Vorratskammer holt er ein paar Schüsseln und einen Schneebesen. Eine Waage steht bereits auf dem Tisch. Während Hans die Zutaten abwiegt und in einer der blechernen Schüsseln vermischt, pfeift er ein kleines Liedchen.

Circa eine Stunde später.

Mittlerweile hat es aufgehört zu regnen. Allmählich klart der Himmel auf. Die Sonne hüllt die nassen Häuser und Straßen in ein warmes Licht. Alles funkelt und blitzt. Das Herbstlaub an den Bäumen leuchtet rot und gelb, und überall spiegelt sich der Sonnenaufgang. Ein Bus fährt brummend am KaDeWe vorbei und hält schließlich am Wittenbergplatz. Zwei Personen steigen aus. Ein älterer Herr im Anzug, eine Aktentasche in der Hand und eine Hornbrille auf der Nase, der noch vor einem Auto über die Straße hechtet und im U-Bahnhof verschwindet. Und eine Frau in einem blauen Kleid mit weißen Punkten darauf. Ihr lockiges, dunkelbraunes Haar leuchtet im Schein der Morgensonne. Hinter ihr schließt sich eine Tür und der gelbe Bus fährt heulend davon. Sie überquert die Straße in Richtung des Kaufhauses und verschwindet ebenfalls durch den Personaleingang. Sie schnellt durch die kleine Küche im Wiener Café und verschwindet im Personalraum. Sie geht zu ihrem Spind. Darauf steht »*Irmgard*«. Sie öffnet, zieht sich ihre Schürze über und betritt die Kuchenausgabe des Wiener Café's. Es ist noch dunkel. Nur ein paar Nachtlichter sind eingeschaltet.

Kuchenausgabe - 7:15 Uhr.

Es ist noch einiges zu tun, bis wir öffnen, überlegt Irmgard. *Die Vitrinen putzen, Kuchen und Gebäck holen. Die Sachertorte von gestern neu anschneiden und auf eine neue Tortenplatte setzen. Und die Kassen müssen wieder aufgefüllt werden.*

Irmgard geht in die Backstube, an Albert vorbei in die Vorratskammer und holt den Eimer. Sie füllt ihn mit Wasser und einem Schuss Lauge. Ein Stofflappen zum Auswischen und ein Lederlappen zum Nachpolieren der Glasvitrinen sind immer unter der Theke der Kuchenausgabe, sodass im Notfall schnell ein Lappen zur Hand ist. Das Kuchenbuffet ist ein Viereck. An allen vier Seiten kann man Kuchen und Gebäck kaufen und an drei Kassen bezahlen. Sechs freundliche Mitarbeiter und Mitarbeiterinnen werden immer alles tun, um die Wünsche des Kunden bestmöglich zu erfüllen. Es ist ruhig. Nur ein leichter Windzug in der großen Halle ist zu hören. Es platscht und tropft. Mittlerweile ist das Wischwasser grau. Schon einmal hat sie das Wasser gewechselt. Immerhin sind die Scheiben jetzt alle geputzt. Mit einem schon leicht feuchten Lappen reibt Irmgard die Scheibe trocken. *Noch nachpolieren und - geschafft,* denkt sie. „Hier kommt der Frankfurter Kranz", sagt Hans mit beschwingter Stimme und stellt die Torte auf die Theke. „Danke Hans", erwidert Irmgard und bewundert die Torte. „Der Rest kommt auch gleich", ruft er, in den Aufzug schreitend. Langsam füllt sich die Theke. Erdbeerkuchen, Pflaumenstreußelplatte, die halbe Sachertorte von gestern, der Frankfurter Kranz und eine Schwarzwälder Kirschtorte. Und das Gebäck. Schweineohren, Plunderstücke, Pfannkuchen und Quarkbällchen. „Und hier ist der Rest. Die Käsetorte und zweimal Kalter Hund", jubelt Hans während er einen metallenen Servierwagen in die Kuchentheke schiebt. „Ich danke dir, wie immer. Ach, könntest du eben noch die Espresso-Maschine einschalten?" „Gerne." Die Espresso-Maschine steht dort schon seit der Neueröffnung im Jahr 1950. Ein gewaltiger silberner Kasten, an dem bis zu drei Kaffee gleichzeitig gebrüht werden können. Hans dreht an einem schwarzen Schalter. Der Apparat beginnt zu zischen und zu pfeifen. Er dreht noch die Wasserzufuhr auf und leise brummt die Maschine vor sich hin. „Bitte sehr, Irmgard." Hans verschwindet wieder in die Backstube.

Bei Irmgard - 8:45 Uhr.

So, die Kassen sind mit Wechselgeld ausgestattet. Kuchen ist genug da, und die Kaffeemaschine ist warm, überlegt sie still. Mittlerweile ist die Hauptbeleuchtung eingeschaltet. Katarina Franz ist ebenfalls eingetroffen und der Chef tritt ins Wiener Café: „Guten Morgen. Heute ist gutes Wetter. Die Sonne scheint und warm wird es auch noch. Wir rechnen also mit hohem Andrang auch hier. Aber keine Sorge, ich vertraue Ihnen - ich vertraue uns - wir schaffen das, wie jeden Tag. Also - an die Arbeit."

Am Haupteingang des KaDeWe's - 8:45 Uhr.

Mittlerweile warten einige Menschen gespannt darauf, dass das Eisentor gesenkt wird. Denn d i e s e   W o c h e   b e g i n n t   d e r Sommerschlussverkauf.

Kapitel 2:

Ihre Bestellung bitte

Haupteingang - 9:00 Uhr.

Silber und Grau. Das geschwungene Eingangstor des KaDeWe's glänzt in der Vormittagssonne, als ein in blau gekleideter älterer Herr durch eine der gläsernen Eingangstüren tritt. Er grüßt einige der wartenden Kunden auf der anderen Seite des Tores und tritt nach rechts zu einer silberfarbenen Box. Er holt einen Schlüsselbund aus einer schon leicht ausgebeulten Hosentasche, klimpert ein wenig, bis er den richtigen Schlüssel gefunden hat und öffnet damit eine Klappe. Darin ist ein Schalter. Er steht auf »zu«. Er dreht den Schalter, und vibrierend beginnt das massive Tor sich zu senken.

Nun treten zwei weitere Männer von innen an die Glastüren. Sie drehen an einem Schloss, öffnen die Türen und befestigen sie an einer Säule. Während sich das Tor noch senkt, verschwindet der ältere Herr schnell mit den anderen im Kaufhaus. Denn als das Tor im Boden verschwunden ist, strömen die Besucher geradezu hinein. Drinnen teilen sich die Leute auf und viele verschwinden in den verschiedenen Abteilungen. Eine ältere Dame hechtet zu den Handtaschen, ein Herr mit Glatze verschwindet zwei Gänge weiter in der Hutabteilung und ein kleines Mädchen zieht ihre Mutter zum Spielzeug und greift sich die nächste Puppe. Doch viele suchen die Gänge nach den besten Angeboten ab. Der große Ansturm am Haupteingang legt sich jedoch mit der Zeit und ein weiterer Tag beginnt.

Einige Zeit später.

Mittlerweile steht die Sonne im Zenit und es ist warm geworden. In den Silberterrassen sitzen die Leute draußen und genießen den herbstlichen Sonnenschein. Viele Tische sind schon für den gesamten Tag reserviert. Gerade haben es sich zwei ältere Damen gemütlich gemacht. Beide in weiß gekleidet. Die eine trägt einen Sonnenhut mit einer weißen Rose darauf, die andere hat einen Sonnenschirm in der Hand.

Ein Herr im schwarzen Anzug gibt beiden eine Karte: „Die Karte des Hauses." Die Damen danken und eine fragt: „Können Sie uns denn etwas Bestimmtes empfehlen." „Die Schwarzwälder Kirschtorte ist heute im Angebot, aber auch der Frankfurter Kranz wird immer gerne genommen", antwortet er. Die Damen danken. Er empfiehlt sich und geht. Entfernt schlagen die Glocken der Kaiser-Wilhelm-Gedächtniskirche zwei mal. Ein grauer Lastwagen bremst quietschend vor einer roten Ampel und ein Bus fährt hupend in Richtung Kurfürstendamm. Ein Fräulein in schwarzem Gewand mit weißer Schürze tritt an den Tisch der beiden Damen - ihren Block und einen Bleistift gezückt: „Was kann ich Ihnen denn heute bringen - was möchten Sie bestellen." „Wir hätten gerne ein Stück Schwarzwälder Kirschtorte und ein Stück vom Frankfurter Kranz - Dazu ein Kännchen Kaffee und einen Cappuccino". *Eine Schwarzwälder, ein Kranz, ein' Kaffee und ein' Ccino*, schreibt sie eben mit. „Ich bedanke mich." Sie macht einen leichten Knicks und verschwindet durch eine Schwingtür in die Küche. Sie gibt die Bestellung einem etwas fülligeren Konditor.

Hans Reiber ist vor gut einer Stunde aus der Backstube rüber in die Küche der Silberterrassen gekommen. Er macht sich umgehend an die Bestellung. Die Kellnerin brüht den Kaffee und schäumt in einem silbernen Kännchen warme Milch auf. Mit der fertigen Bestellung auf dem Tablett geht sie auf die Terrasse zum Tisch der älteren Damen. Sie serviert, wünscht einen guten Appetit und schreitet langsam davon.

KaDeWe: Im Erdgeschoss - 15:30 Uhr.

Das Kaufhaus ist gut besucht. Viele Angebote sind schon ausverkauft und fast alle Kassen sind geöffnet. An einer Kasse steht der Herr mit Glatze, der vorhin in der Hutabteilung verschwand. Er bezahlt gerade einen ledernen Hut und setzt ihn sich gleich auf. Mit etwas Erleichterung nimmt er das Wechselgeld und verlässt mit leicht beschwingtem Gang das Kaufhaus. Vor den Kassen ist ein Stand mit großer Auslage - darauf viele Kisten. Darin liegen verschiedenste Sorten Obst. Von Pflaumen, über Weintrauben bis zu Äpfeln und Birnen. Neben der Auslage steht ein dicker

Mann mit einer grünen Schürze vor seinem Bauch. Er behauptet stolz, er habe die größten Melonen und die knackigsten Äpfel. Eine Frau mit Flechtkorb im Arm beäugelt mit kritischem Blick die Birnen, da eine bereits braune Stellen hat. „Vier Mark für ein Pfund ist etwas viel", bemerkt sie. Der Verkäufer rechtfertigt den Preis mit der hohen Qualität seiner Ware. Sie sieht das anders, wirft ihm einen spöttischen Blick zu und geht. Ein paar Meter weiter sitzt ein Mann. Er trägt eine braune Lederjacke und einen schwarzen Fedora Hut. Vor ihm steht eine Schale mit ein paar Münzen, aber auch einem Scheinchen darin. Er spielt ein Lied auf einem Akkordeon. Erst klingt es melancholisch, doch dann ändert sich die Melodie. Dazu fängt er an zu singen:

Never saw the sun, shining so bright,
Never saw things, going so right.
Noticing the days hurrying by,
When you're in love, my how they fly.

Blue Days, All of them gone
Nothing but blue skies, From now on.

Ein Junge mit blondem Haar legt 1 Mark in die Schale, die er von seiner Mutter bekommen hat. Die Mutter nimmt ihn an die Hand und geht quer durch die Halle in Richtung des Wiener Café's. An der Kuchenausgabe machen sie Halt. Der Junge drückt sein Gesicht gegen die Glasscheibe und starrt mit großen Augen auf einen Pfannkuchen. Denn auf diesem ist ein Gesicht aus Zuckerguss aufgemalt. „Agamemnon, nicht das Gesicht gegen die Scheibe drücken. Das gehört sich nicht", sagt die Mutter, ihn von der Scheibe lösend. „Möchten Sie den Pfannkuchen kaufen", fragt eine etwas kleine, füllige Frau. „Oh. Nein. Ich hatte eine Sachertorte auf den Namen *Schroeder* bestellt. Die würde ich gerne abholen", entgegnet sie entschlossen. „Ahh, Frau Schroeder, die Torte kommt umgehend - nur einen Moment." Irmgard steht neben ihr und sagt: „Ich hole die Torte, Frau Franz." Beide nicken sich zu und Irmgard verlässt das Kuchenbuffet, besteigt den Personalaufzug in der Küche und fährt nach oben. In der Zwischenzeit bezahlt Frau Schroeder die Torte. „Das wären dann 53 Mark und 36 Pfennig", sagt Frau Franz. „53! - Das kommt mir doch etwas viel vor", äußert Frau Schroeder etwas erschrocken. Frau Franz überprüft vorsichtig nochmal die Rechnung und fasst sich erschrocken an den Kopf: „Es tut mir wahnsinnig leid, es sind natürlich nur 35 Mark, nicht 53. Bitte verzeihen Sie mir." „Das hört sich schon besser an", sagt Frau Schroeder und bezahlt mit zwei Scheinen und ein paar Münzen. Mit leicht zittrigen Händen nimmt Frau Franz das Geld und öffnet die Kasse. Als sie die Scheine jedoch hineinlegen möchte fallen ihr die Münzen aus der Hand und kullern auf dem Steinboden herum. Genau in diesem Moment kommt Irmgard mit der Torte zurück. „Was ist denn hier los", fragt sie Frau Franz. Diese antwortet nur: „Es ... äh ... ist ... nur . ." Irmgard stellt die Torte auf einer Arbeitsfläche ab und hilft ihr schnell das Geld aufzulesen. Frau Franz übergibt die Torte und wünscht noch einen schönen Nachmittag. „Ich kann das mit der Kasse nicht so gut. Immer geht alles schief", sagt Frau Franz etwas wehleidig zu Irmgard. „Vielleicht solltest du das nächste mal die Torte holen gehen", entgegnet Irmgard ihr. Irmgard wendet sich von ihr ab, nimmt sich einen Lappen, tritt hinter der Theke hervor und putzt die Scheibe, an die der kleine Junge gerade sein Gesicht gedrückt hatte.

KaDeWe - 17:00 Uhr.

Die Sonne steht schon sehr tief über den Häuserdächern der Innenstadt Berlins. Die Blätter der Bäume leuchten so intensiv wie am morgen. Langsam leeren sich die Straßen. Albert und Hans haben schon Feierabend. Auch Irmgard ist schon dabei Reste einzupacken und leere Tortenteller in die Küche zu bringen. Frau Franz öffnet die Kasse und fängt an, das Geld zu zählen. Auch im Kaufhaus wird es allmählich ruhiger. Bis auf zwei Kassen sind alle anderen bereits geschlossen. Hier und da schmökert noch ein Kunde oder guckt einfach so rum. Auch im Wiener Café sitzen nur noch ein paar Gäste. Die meisten genießen nur noch das Ambiente und verlassen nach und nach das Kaufhaus. Ein schlanker, großer Mann mit schütterem Haar und einem ungepflegten Bart trinkt noch seinen letzten Schluck Kaffee, als er plötzlich aufsteht und etwas wankend zu Frau Franz an die Kasse tritt. Er stützt sich mit seinen Händen auf der Glastheke ab. Seine leicht feuchten Hände hinterlassen Abdrücke auf der Scheibe. Frau Franz ist gerade dabei die Scheine zu zählen, da bemerkt sie ihn und muss ihren Kopf heben, um in sein Gesicht zu schauen. Sie fragt ihn, das Geld zählend: „Kann ich Ihnen helfen, möchten Sie noch etwas bestellen." Der Mann hebt den Finger, setzt zu einem Wort an und bricht zusammen. Frau Franz stürzt aus der Theke hin zu dem Mann: „Hallo! Ha.. Hallo! Irmgard! Hilfe, Irmgard!" Sie kniet sich zu ihm hin und prüft den Atem - *Er atmet, Gott sei dank*, denkt sie. Irmgard kommt herbei geeilt und erschrickt etwas. Der Mann kommt zu sich. Irmgard und Frau Franz sind erleichtert. Frau Franz holt schnell einen Stuhl und gemeinsam setzen sie ihn auf. Irmgard gibt ihm ein Glas Wasser. Er trinkt einen Schluck. „Jeht's Ihnen besser? Da ha'm se' uns aber ,n janz schön' Schrecken eingejagt", bemerkt sie. „Brauchen Sie einen Arzt", fragt Frau Franz. Der Mann lehnt den Arzt ab und beteuert seine Gesundheit. Er will wider die Worte beider Damen aufstehen. Taumelnd geht er los, streift auf dem Weg den Obststand und reißt eine Kiste mit Birnen um. Er tritt einen Schritt zurück, orientiert sich kurz und entschuldigt sich bei dem Obstverkäufer, der ihn nur verwundert anschaut. An der Kasse hält er inne, stützt sich kurz ab und verlässt dann eilig das KaDeWe. Irmgard schüttelt leicht den Kopf und begibt sich hinter die Theke. „Ist die Kasse gezählt", erkundigt sie sich bei Frau Franz. Sie verweist Irmgards Blick auf den Abrechnungszettel. Irmgard liest sich diesen durch, vergleicht das mit der Kasse und schaut etwas ungläubig drein: „Katarina, hier kann etwas nicht stimmen. In der Kasse sind doch keine 5101 Mark und 34 Pfennig. Ich zähle hier nur 632 Mark." Katarina ist verwirrt, beteuert dennoch die Richtigkeit ihrer Angaben. Als sie das Geld jedoch mit ihren eigenen Augen sieht: „Ich...ich bin untröstlich. Heute geht aber auch wieder alles schief. Erst das mit der Torte und jetzt das. Nichts gelingt mir." „Es ist ja alles gut", tröstet sie Irmgard: „Es ist ja nichts schlimmes passiert. Pass auf - putz' du doch schon mal die Auslage und ich rechne noch die beiden anderen Kassen ab." Katarina entschwindet zügig in der Küche und füllt den Blecheimer mit Wasser und einem Schuss Lauge. Sie kommt mit dem Eimer und einem Lappen in der Hand wieder zurück und fängt an, die marmorierten Steinplatten in der Auslage zu säubern.

18:00 Uhr.

Die Sonne ist hinter dem Horizont verschwunden. Nur ein paar Wolken werden von ihr noch angestrahlt. Ein leerer Bus rast in Richtung Wittenbergplatz und überquert noch eine schon rote Ampel. Die letzten Kunden verlassen gerade das Kaufhaus. Eine ältere Dame bezahlt gerade noch einen beigefarbenen Overall. Sie sucht aufgeregt in ihrem Portemonnaie nach ein paar Pfennigstücken, um passend zu zahlen. Sie zahlt und verlässt durch eine der drei Glastüren das Kaufhaus. Hinter ihr tritt ein Herr im blauen Anzug heraus. Er öffnet den Silbernen Kasten und schließt das große metallene Eingangstor. Er geht wieder hinein, schließt die Türen und verriegelt sie. Drinnen werden bereits die Böden gewischt. Im nassen Granit spiegelt sich kunstvoll die Glasdecke. Der Obstverkäufer räumt gerade seine letzten Kisten weg, ein Kassierer holt eine Geldkassette aus der Kasse und verschwindet damit in einer Tür. Auf ihr steht »PERSONAL«

in großen Lettern geschrieben. Die Kuchentheke des Wiener Café's ist gesäubert. Irmgard und Katarina Franz sind noch in der Küche am Gange. Gerade haben sie die letzten Tortenplatten abgetrocknet und in einem großen weißen Holzschrank verstaut. Irmgard verlässt die Küche und geht zu ihrem Spind. Sie zieht ihre Schürze aus und hängt sie in den Spind. Frau Franz ist noch auf der Toilette. Irmgard dreht das Licht in der Küche ab und verlässt das KaDeWe durch den Personaleingang. Sie überquert die Tauentzienstraße und setzt sich an der Bushaltestelle hin. Wenige Momente später hupt es und der Bus bremst quietschend und hält. Irmgard steigt zu. Der Bus ist beinahe leer, sodass sie keinen Sitzplatz zu suchen braucht. Brummend beschleunigt er und fährt in Richtung des Zoologischen Gartens davon.

Derweil wurde die Hauptbeleuchtung im KaDeWe abgeschaltet. Ruhe hält Einzug in der großen Halle - nur ein leichter Windzug ist zu hören. Der Abend legt sich über die Stadt. Nur die Straßenlaternen brennen und ein paar Fenster sind erleuchtet. In der Ferne sieht man die Scheinwerfer der Grenztürme der Berliner

Mauer umherkreisen.   Es ist ruhig. Ein Auto hält neben dem KaDeWe. Eine dunkle Gestalt stellt den Motor ab, steigt aus und verschwindet in einer Gasse. Kein Bus hupt, kein Auto fährt - nichts. Nur der Wind ist zu hören.

Kapitel 3:

C'est la chaise!

Einige Wochen Später.

Die Bäume sind kahl geworden. Das Laub bildet wunderschöne Luftsäulen, wenn der Wind sie verwirbelt. Viele Menschen tragen Mäntel und Mützen. In den vergangenen Tagen hat es viel geregnet - denn die Straßen sind noch immer feucht und auf den Gehwegen sind teils große Pfützen. Kunstvoll versuchen viele sie zu umgehen, doch der eine oder andere tritt in eine der Pfützen hinein. Ein Herr mit Latzhose und einem Besen in der Hand versucht erfolglos die Blätter zu Haufen zusammen zu schieben. Der Herbst ist grau geworden. Der Himmel ist wolkenverhangen und es ist kalt. Das einst in rot und gelb leuchtende Laub auf dem Platz ist graubraun und teilweise matschig. Ein Bus hält in Richtung Zoologischer Garten hupend an der Haltestelle am Wittenbergplatz an. Viele Menschen strömen aus dem U-Bahnhof in Richtung des Busses. Die Türen öffnen sich und eine ältere, kleine, etwas molligere Dame in einem rötlichen Flanellkleid mit kurzem blonden Haar steigt aus. Hinter ihr wollen sich viele Leute in den kleinen Bus zwängen, sodass der Kontrolleur die Fahrgäste darauf hinweisen muss, dass der Bus voll sei und sie doch bitte auf den nächsten warten sollen. Die ältere Dame überquert in kurzen, zügigen Schritten die Tauentzienstraße in Richtung KaDeWe. Sie tritt durch die linke Glastür in die große Halle des Kaufhauses. Drinnen erstaunt sie. Alles ist in rötlichen und gelblichen Tönen gehalten. Blättergirlanden schmücken die Geländer und Balustraden der einzelnen Stockwerke, Kürbisse stehen in vielen Ecken, und auf jedem Tisch ist ein Korb mit herbstlichem Gemüse drapiert. Heute ist das Erntedankfest im KaDeWe. Der Obststand verkauft Kürbisse und in einer Kiste liegen ein paar Passionsfrüchte. Die ältere Dame tritt an den Obststand heran und schaut sich um. „Kann ich Ihnen behilflich sein, gnädigste Frau", fragt der Obstfachverkäufer. „Haben Sie Schwarzwurzeln", entgegnet die Frau. „Nicht hier, aber ich könnte morgen welche da haben. Soll ich welche für Sie zurücklegen." Sie nickt und meint: „Das wäre sehr reizend." „Auf welchen Namen darf ich denn...äh", fragt er und bekommt prompt die Antwort: „Auf den Namen *Wessler*". „WESSLER, gut. Dann habe ich morgen für Sie ein paar Schwarzwurzeln", lässt er mit einem Lächeln verlauten. Fräulein Wessler wünscht darauf hin noch einen schönen Tag und schlendert in Richtung der Freitreppe davon. Vor der Treppe sind viele Klappstühle in einem Kreis aufgestellt. In der Mitte des Kreises liegt ein Heuballen, dekoriert mit ein paar Kürbissen und vielen Laternen. An dem Stuhlkreis steht ein Aufsteller mit einem großen Plakat.

»Großes Liedersingen mit Reverend Gregor Robertson ab 16 Uhr - Lieder für Groß und Klein«

Fräulein Wessler liest sich das Plakat durch, geht an den Stühlen vorbei und wirft einen genauen Blick in die Mitte des Kreises. An dem Heuballen lehnt eine Gitarre. Daneben liegen ein Tamburin und zwei Maracas. Sie schaut auf ihre kleine goldene Armbanduhr: *Es ist jetzt viertel eins*, denkt sie, wendet sich von dem

Stulhkreis ab, geht die Treppe hinauf und verschwindet in der Handtaschenabteilung.

Wiener Café - 13:00 Uhr.

Das Wiener Café ist ausgebucht. Jeder Tisch ist besetzt. Auch an der Kuchenausgabe stehen die Leute an allen drei Kassen an. Irmgard arbeitet momentan allein an einer Kasse. Katarina Franz wurde ein anderer Tätigkeitsbereich zugewiesen. Denn die kleinen Missgeschicke mit der Kasse und die teils rätselhaften Beträge, wenn sie das Geld zählte häuften sich mit der Zeit, sodass der Chef entschied, sie zu versetzen. Seit gut zwei Wochen schenkt sie nun an einer abgesonderten Theke warme und deftige Speisen aus. Heute muss sie vertreten werden. Frau Franz hat sich krank gemeldet, da sie sich am Wochenende verkühlt hat. Kein Wunder - dieses Wochenende war es besonders kalt. Und es hat stundenlang unaufhörlich geschüttet. Hans bringt Irmgard gerade ein paar neue Kuchen. Heute gibt es zum Erntedankfest passende Kaffeespezialitäten. Unter anderem eine Kürbisstreußeltorte, Plunderstücken mit Passionsfruchtgelee und frisches Kürbisbrot mit

Eggs à la Benedict und einer Sauce Hollandaise. Mittlerweile hat Irmgard drei Kürbistorten über die Theke gereicht. „Hier kommt ein weiterer Kürbiskuchen", jubelt Hans während er den Kuchen auf einer Arbeitsplatte abstellt. „Wir kommen hier mit den Bestellungen kaum hinterher", antwortet Irmgard etwas gehetzt, nimmt das Blech mit den Plunderstücken und tauscht das leere damit aus. Ein älterer Herr im braunen Sakko meldet sich mit einem Räuspern und möchte bestellen. „Was darf es sein", fragt Irmgard höflich. „Ich hätte gerne zwei Plunderstücken und ein Stück von der Kürbistorte mit Sahne". „Die mit der Passionsfrucht", erfragt Irmgard mit dem Finger auf die Plunderstücken deutend. „Mh ja." Hans sortiert eben noch die restlichen Speisen in der Theke ein und schiebt den silbernen Servierwagen wieder zurück in die Küche. Irmgard holt zwei Teller und bestückt sie mit den Plunderstücken und der Kürbistorte mit Sahne und reicht sie über die Theke. „Das macht dann 5 Mark und 50 Pfennig. Der Herr gibt Irmgard zehn Mark. Sie gibt ihm das Wechselgeld, er nimmt sich die beiden Teller und geht zu einem Tisch, an dem seine Frau ihn bereits erwartet.

Frau Wessler betritt das Wiener Café.

Frau Wessler kommt gerade von der Kasse. Sie hat sich eine rotbraune, kunstlederne Handtasche gekauft. Diese passt erstaunlich gut zu ihrem rötlichen Kleid. Mit kurzen Schritten tritt sie an die gläserne Theke und scheint etwas bestimmtes zu suchen. Irmgard wird auf sie aufmerksam: „Kann ich mit etwas bestimmtem - ähm...Fräulein...Wessler?". Fräulein Wessler löst ihren Blick von den Torten und schaut Irmgard etwas verwundert an: „Bitte?". „Fräulein Wessler. - Erinnern Sie sich noch an mich. Ich bin Irmgard. Aus ihrer Französischklasse damals.", erklärt Irmgard. Fräulein Wessler überlegt: „ähm, äh". „Damals, das muss jetzt bestimmt schon zwanzig Jahre her sein", erklärt Irmgard weiter. „Ah, - waren Sie... - Ja, jetzt erinnere ich mich. Das war nicht lange nach dem Krieg, ja", erinnert sich Fräulein Wessler: „Ja, der Krieg, der... ." Sie hält inne - versteift etwas. „Fräulein Wessler?". Fräulein Wessler steht ganz still da. Die Augen sind weit geöffnet. „DER KRIEG! - Die Franzosen, die Franzosen hätten... - *Les Français n'ont pas attaqué, les Français auraient dû gagner, les Français auraient dû creuser la Chaise, mon Bastien"* ruft sie, greift sich den nächsten Stuhl, hält ihn hoch in die Luft und schreit: „*C'est la Chaise! - C'est la Chaise.*" Fräulein Wessler steht dort wie angewurzelt, den Stuhl hoch in der Luft haltend und die Augen weit aufgerissen. Irmgard ist ganz erschrocken. „Fräulein Wessler!" Irmgard schnellt zu ihr hin und hilft ihr, den Stuhl wieder hinzustellen. „Fräulein Wessler, setzen Sie sich, setzen Sie sich." Erschrocken über sich selbst setzt sich Fräulein Wessler hin und bricht in Tränen aus. Irmgard setzt sich zu ihr.

Fr.Wessler: Mein Bastien, oh nein!

Irmgard: Wer ist Bastien? Warum der Stuhl?

Fr.Wessler: 1938. Da war ich in Jonquières - nahe Paris. Ich saß in einer Bar und da begegnete er mir. Er kam gerade von der Arbeit. Bastien. Er hatte Augen wie ein Löwe. Und küssen konnte er. Ich habe mich sofort in ihn verleibt. Er war Schreiner, wissen Sie. Er hat Möbel gebaut.

Irmgard: Das klingt ja wie aus einem Märchen.

Fr.Wessler: Aber so war es. Ich bin dann mit ihm in seine Wohnung. Dort hatten wir versprochen, dass wir für immer zusammen sein würden. In den kommenden Wochen zeigte er mir die ganze Stadt - wir sind sogar nach Paris gereist. Dort haben wir in einem Restaurant gegessen, er hat mir eine Rose geschenkt und sagte, er habe zwar nicht viel Geld, aber er wolle mich trotzdem heiraten. Aber ich musste wieder zurück nach Deutschland. Zum Abschied schenkte er mir einen Stuhl, den er aus einem Stück fertigte. Wir haben uns geliebt. Jeden Tag hat er mir geschrieben - und bei der nächsten Gelegenheit wollte ich zurück nach Frankreich reisen. Doch dann…dann...

Irmgard: Dann hat der Krieg angefangen.

Fr.Wessler: Ja. Er musste in die Armee. Er war jung und stark. Also reiste er mit vielen anderen an die Front. Auch von dort versuchte er mir so oft es ging zu schreiben. Doch im Sommer 1940 - da - kam nichts mehr, kein Brief - kein einziger.

Irmgard: *(mitfühlend; nimmt ihre Hand)*

Fr.Wessler: Einen Monat später kam dann ein Brief. Darin stand, er sei - gefallen.

Irmgard: Das ist ja schrecklich.

Fr.Wessler: Der Stuhl. Der Stuhl ist das einzige - was von ihm übrig ist.

Irmgard: Sind Sie denn nochmal nach Frankreich gereist?

Fr. Wessler: Ja, einmal. Ich wollte sein Grab sehen.
Er hat eines. Aber jetzt kann ich nicht mehr verreisen.
*(still überlegend, dann leicht stotternd zu einem Schluss
kommend)* Naja, das ist jetzt alles vorbei.

Fräulein Wessler rappelt sich langsam wieder
auf. Sie bedankt sich bei Irmgard und will das
Café verlassen: „Aber - was ist denn mit Ihrer
Bestellung", fragt Irmgard. „Ach, lassen Sie.
Ein anderes Mal. Auf Wiedersehen", antwortet
Fräulein Wessler ruhig. Sie wendet sich ab und
verlässt das Wiener Café und verschwindet in
Richtung Ausgang.

Große Halle des KaDeWe's - Circa 16:00 Uhr.

Die Sonne ist gerade hinter den Dächern der
Stadt verschwunden. Vom Kurfürstendamm
kommend, fährt eine weiße Limousine vor und
hält vor dem Eingang des KaDeWe. Ein großer
schlanker Mann mit kurzen zurückgekämmten
schwarzen Haaren steigt aus dem Auto aus. Er
trägt lederne Schuhe, dazu eine blaue
Jeanshose, ein gelbes Flanellhemd und darüber
eine dunkelbraune Lederjacke. Reverend
Robertson schreitet großen Fußes auf die
gläserne Eingangstür zu. Im KaDeWe haben

sich schon einige Menschen versammelt. Viele der Sitzplätze sind bereits besetzt. Da tritt der Reverend in die Mitte des Stuhlkreises und begrüßt die Leute.

Wie schön ist es, dass Ihr alle hierher gekommen seit. Herzlich Willkommen. Jedes Jahr zu dieser Zeit reise ich viel von Ort zu Ort, um dann dort Leuten zu helfen, die meine Hilfe benötigen. Das Erntedankfest ist immer eine schöne Zeit um zusammen zu kommen und Zeit miteinander zu verbringen. Jeder von uns hat etwas, wofür er dankbar sein kann. Ich zum Beispiel bin dankbar dafür, dass wir hier in Frieden leben können. Jedoch haben es viele auch nicht so leicht.

Er greift sich die Gitarre, stimmt ein paar Saiten nach...
»Denn es ist schwierig, ein Teenager zu sein«
»Man hört nie zu, wenn du auch weinst«.
»Wenn etwas schief geht, ist immer einer schuld« »Eines ist sicher«
»Es ist nie einfach, ein Teenager zu sein«

Also was brennt euch denn so auf dem Herzen.
Erzählt. Denn eines ist sicher: ICH HÖRE ZU.
Und bitte - nennt mich Reverend Rob, denn wir
sind hier schließlich unter Freunden.

Mittlerweile ist es dunkel draußen. Die Laternen auf und um den Heuballen sind alle angezündet worden und die Beleuchtung im KaDeWe wurde extra herunter gedimmt.

»...« »Es ist eine Glocke, die man nicht läuten kann« »Es ist ein Lied, was man nicht singen kann« »Es ist ein Geschenk, das man nie zurücknehmen kann« »Deshalb ist es am besten, GESUND zu bleiben«

Verunstalte nicht deinen Körper, um deinen Eltern eins auszuwischen. Das ist Uncool. Ich danke euch fürs kommen, das war's für heute.

Reverend Robertson legt die Gitarre beiseite. Alle fangen an zu applaudieren. „Das war ganz wunderbar Reverend. Es wäre schön mehr davon zu sehen", sagt eine Mutter. „Ich bin immer irgendwo in der Gegend und bestimmt auch bald wieder hier unterwegs", sagt er. Allmählich verabschieden sich die Leute. Viele Familien sind gekommen. Ein Vater wird von drei Kindern in Richtung Ausgang gezerrt. Ein anderer Vater trägt seinen schon schlafenden Sohn auf dem Arm nach draußen. Reverend Rob verstaut die Gitarre in einem Koffer, verabschiedet sich noch von ein paar Kindern und verlässt bald darauf ebenfalls das KaDeWe und verschwindet in der Dunkelheit der Nacht.

Kapitel 4:

Das Winterwunderland

Wolken. Überall um mich herum. Was bin ich? Wo bin ich hier? Es ist kalt - mir ist kalt. Dort! Ein riesiger Kristall. Da drüben ist noch ein weiterer. Hunderte. Nein, tausende. Jeder sieht anders aus. Was ist das? Ein Tropfen? Er wird größer - verzweigt sich und beginnt zu glitzern. Das wird ein weiterer Kristall. Oh nein. Warum bin ich hier. Mo- Moment! Ich bin ja auch ein Kristall. Viele Kristalle werden von einer Windböe erfasst und verbinden sich miteinander. Die kristallinen Schwaden werden größer und größer, sodass diese zu fallen beginnen. Lichter nähern sich von unten. Was sind das für Lichter? Rot und gelb treten aus den grauen Nebelschwaden des winterlichen Sturms hervor. Da ist der Boden. Oh nein - ich werde aufschlagen. Schnell - BREMSEN!! Die Schneeflocke schlägt auf. Alle Schneeflocken schlagen nach und nach auf dem Boden auf. Es ist Winter. Heute ist der zweite Advent und es fällt der erste Schnee. Das Glasdach des KaDeWe's schneit langsam zu. Der

Wittenbergplatz ist mit einer dünnen Schneedecke überzogen. Viele Kinder spielen im Schnee und eine Familie baut gerade einen Schneemann. Autos und Busse gleiten ruhig und sanft über den gedämpften Asphalt der Tauentzienstraße. Überall funkeln Lichterketten und in vielen Fenstern stehen Lichterbögen oder es hängt dort ein Weihnachtskranz. Vor dem Eingang des KaDeWe's steht eine Blaskapelle. Die blechernen Instrumente spiegeln das Licht der vielen kleinen Glühbirnen. Der Schnee schmilzt auf dem warmen Metall und tropft vor den Füßen der Bläser auf den weißen Boden. Die Mitglieder des Blasorchesters sind in schwarze Hosen und rote Mäntel gekleidet. Sie spielen *Leise rieselt der Schnee*. Ein junger Vater wirft ihnen 1 Mark in einen Topf, der an einer Aufhängung befestigt ist. Er hat seinen Sohn an der Hand. Beide gehen an den Bläsern vorbei und treten durch die mittlere Glastür in das Kaufhaus. Der Junge trägt eine blaue Wollmütze. Sein Vater nimmt sie ihm ab. Er bemerkt das nicht, da sein Blick auf das funkelnde Kaufhaus gerichtet ist. Er hat die Augen weit aufgerissen. In ihnen spiegelt sich der gewaltige Weihnachtsbaum wider.

Wunderschön. Eine Tanne - acht Meter hoch und von oben bis unten geschmückt. Eine grün-rote Lichterkette rankt sich von unten in einer Spirale bis zur Spitze. Die Zweige sind mit funkelndem Lametta und Christbaumkugeln behangen. Rot, silber und blau funkeln die Kugeln, jede angestrahlt von der Lichterkette. Auf der Spitze sitzt ein gewaltiger goldgelb leuchtender Stern. An den Säulen der Etagen hängen Lichtgirlanden, eingeflochten in Tannenzweige. Die Geländer sind mit grünen Adventskränzen geschmückt an denen goldene Glocken baumeln. Auf den Tischen im Wiener Café steht jeweils eine rote Kerze und ein Weihnachtsstern. Auch die Kuchenausgabe ist weihnachtlich geschmückt. Überall stehen Nussknacker, Walnüsse und Clementinen - dazu Schalen mit gebrannten Mandeln und Zimtstangen. Alles duftet warm und süß. Speziell in der Weihnachtszeit schenkt das Wiener Café Glühwein aus, sowie Kaffee mit einer Zimtstange darin. Konditor Albert ist bereits seit heute morgen dabei Rumkugeln zu formen, Zimtsterne zu backen und Christstollen mit Puderzucker zu bestreuen. Herr Reiber nimmt sich ein fertiges Blech mit Zimtsternen und zwei Christstollen, platziert sie auf dem Servierwagen und schiebt ihn in die Kuchentheke. Dort steht Irmgard und brüht gerade neuen Kaffee auf. „Stell die Zimtsterne einfach dort ab, Hans", entgegnet sie ihm. „Ist gut." Er stellt das Blech und die Stollen auf der Theke ab und schiebt den Wagen zurück in den Fahrstuhl. Irmgard füllt eine hohe Tasse mit Kaffee, und steckt noch eine Zimtstange hinein. Sie gibt die Tasse rüber zu einem Herrn mit Schiebermütze. Das Geld liegt bereits passend in einer Schale mit einem goldenen Stern darauf. Der Herr stellt seinen Kaffee auf einem Tisch ab und geht weiter zu einer kleinen Essensausgabe. Auf einem Schild daneben steht in großen Lettern geschrieben: „WARMES & DEFTIGES". Darüber hängt eine Karte. „*Weihnachtsmenue*" steht darauf. Er liest sich die Karte aufmerksam durch.

Katarina Franz steht hinter der Theke und fragt den Herrn: „Was darf es denn sein." „Ich nehme einmal das Gulasch bitte." „Einmal das Gulasch", sie nimmt einen vorgewärmten Teller und füllt das Gulasch darauf, daneben drei große Kartoffeln, noch eine Kelle Sauce über die Kartoffeln, dann stellt sie den Teller auf die Glastheke. „Das macht dann 10 Mark 50 bitte." Der Herr zahlt auch hier passend, nimmt den Teller und geht damit rüber zu seinem Tisch. Er nimmt Platz, setzt die Mütze ab und trinkt einen Schluck des warmen Kaffee's. Er stellt kurz darauf fest, dass er kein Besteck hat. Er will aufstehen, da legt von hinten eine Person ihre Hand auf die Schulter des Herrn. Ein Mann im Karohemd und Lederjacke. Er trägt eine Gitarre über der Schulter. Reverend Robertson signalisiert ihm sitzen zu bleiben. Er geht zu Frau Franz, holt das Besteck und reicht es ihm: „Hier mein Freund." Der Herr bedankt sich und Reverend Rob schreitet weiter zur Kuchenausgabe.

„Hallo Irmgard, wie geht es Ihnen. Ist alles in Ordnung hier im Wiener Café?" „Hallo Reverend Robertson. Ich kann nicht klagen. Katarina übernimmt die Arbeit an der Essensausgabe für warmes und deftiges mittlerweile mit viel Elan und Freude." „Das freut mich wirklich. Der Herr hat auch einige Augen für Katarina übrig." „Dabei ist sie doch bereits seit Jahren vergeben." „Solange es nur bei einer Fantasie bleibt hat der große Boss nichts dagegen. Aber was ich Sie fragen wollte. Ich suche wieder eine Frau für das Krippenspiel. Denn die Rolle der Maria ist noch frei. Und da Sie vor einigen Jahren bereits diese Rolle übernommen haben, hätten Sie vielleicht Lust wieder mitzumachen." „Ich weiß nicht. Ich bin hier ziemlich eingespannt. Und nach diesem Seminar habe ich noch mehr zu tun." „Kommen Sie. Nehmen Sie sich auch mal Zeit für sich, denn nur für die Arbeit zu leben, lohnt sich nicht. Das Leben braucht keine Arbeit. Das Leben will erlebt werden. Kommen Sie. Nehmen Sie sich die Zeit und spielen die Maria. Sie werden sehen. Es wird sich für Sie lohnen." „Eigentlich. Dann müsste ich… - na gut, ich mach's", entgegnet Irmgard. „Na sehen Sie, es geht doch. Dann sehe ich Sie bei der nächsten Probe?", Irmgard nickt lächelnd. „Ach ja, ich wollte eigentlich ein Stück Stolle, aber zum Mitnehmen. Denn für eine Pause habe ich keine Zeit." Irmgard schneidet ein großes Stück der Stolle ab, packt es ein, reicht sie ihm rüber und sagt: „Die geht aufs Haus, für die netten Worte." „Danke, Irmgard." Reverend Robertson lächelt, zieht die Gitarre wieder zurück auf den

Rücken, nimmt das Stück Stolle und verlässt das Wiener Café in Richtung des großen Weihnachtsbaumes. Dort stellt er sich hin, nimmt die Gitarre wieder vor den Bauch und fängt an zu spielen:

»O Tannenbaum, o Tannenbaum, wie treu sind deine Blätter. Du blühst nicht nur zur Sommerszeit, nein auch im Winter, wenn es schneit. O Tannenbaum, o Tannenbaum, wie treu sind deine Blätter«

Langsam wird es dunkel. Draußen fällt der Schnee. Leise und unaufhörlich bedeckt er die Straßen und Dächer der Stadt. Im KaDeWe leuchten die Lichter immer intensiver. Von draußen wirkt es wie ein Winterwunderland. Drinnen singt der Reverend - Leute versammeln sich um den Weihnachtsbaum und draußen verwandelt der eisige Wind die Welt in ein weißes Paradies. Ein Weihnachtsmann schreitet vor den Türen des KaDeWe's auf und ab. Er schwingt eine Glocke und ruft: „Ho Ho Ho. Fröhliche Weihnachten. Ho Ho Ho." Und dank der Weihnachtsbeleuchtung ist die Sonne nie wirklich untergegangen. Sie leuchtet weiter in

jedem noch so kleinen Licht und erhellt die
sonst düstere Welt.

Kapitel 5:

Das Einhorn und der Reverend

Februar.

Es regnet seit drei Tagen ununterbrochen. Die Stimmung in den Straßen ist nicht gut. Die Umgebung ist grau, die Bäume sind kahl - viele warten auf den kommenden Frühling. Im KaDeWe häufen sich seit einigen Wochen Fälle von Diebstahl. Immer wieder verschwinden R i n g e u n d H a l s k e t t e n a u s d e r Juwelierabteilung. Teilweise am helllichten Tage. Die einzige Spur ist immer glitzernder Staub am Tatort. In der Zeitung spricht man jetzt sogar vom *Einhorn.* Denn das letzte Stück, was verschwand, ist eine Kette, an der ein mit Juwelen besetztes Einhorn hängt. Es soll einen Wert von 23.500 Deutsche Mark haben. Die Polizei untersucht die mysteriösen Fälle, hat aber bereits einen Verdacht, welcher sich jedoch noch nicht bestätigen lässt. Der Schöneberger Kurier berichtete heute über den mysteriösen Juwelenraub im KaDeWe. Eine ältere Dame steht vor dem Juwelier im KaDeWe und liest im

Schöneberger Kurier. „Das ist ja unfassbar." Sie faltet die Zeitung zusammen und tritt an einen Tresen des Juweliers. Eine Mitarbeiterin kommt auf sie zu. Sie ist groß, hat kurze blonde Haare, trägt schwarze, hochhackige Schuhe und dazu ein mit Glitter überzogenes, dunkles Kleid. „Mit was kann ich dienen?" „Ich hatte in Ihrem Katalog eine Halskette gesehen, für die würde ich mich interessieren. Hier - diese dort." Die Dame zeigt mit dem Finger auf eine Vitrine. Daraufhin holt die Verkäuferin eine mit roten und blauen Brillanten versehene Halskette aus der Vitrine und legt sie der älteren Dame auf den Tresen. „Wie viel würde diese denn kosten?" „Warten Sie, da muss ich kurz nachsehen", sagt die Verkäuferin und holt aus einer Schublade im Tresen einen Preiskatalog. „Diese Kette wird momentan für 8.300 DMark gehandelt." „Ohh nein, das ist mir zu teuer", erschrickt die Dame ein wenig, bedankt sich bei der Verkäuferin und schlendert in Richtung der Freitreppe davon. Als die Verkäuferin die Kette wieder in die Vitrine legen möchte, liegt sie nicht mehr auf dem Tresen. Sie drückt den Alarmknopf am Tresen. Kurz darauf kommt der Chef herbeigeeilt. „Was ist geschehen?" „Der

Juwelendieb - er hat wieder zugeschlagen!" „Oh nein!", schimpft der Chef: „Nicht schon wieder. Na gut, die Polizei ist auf dem Weg und..., hallo..., Fra.., Frau Fuchs!" Frau Fuchs steht nicht mehr hinter dem Tresen. Eben sieht der Chef noch, wie sie in der Personaltür verschwindet. Er will ihr hinterher, da ertönen schon die Sirenen aus der Ferne und der Chef macht sich auf den Weg in Richtung des Eingangs. Vier Polizisten und ein Kommissar in braunem Ledermantel und Fedorahut treten durch die Glastüren. Die Polizisten sperren umgehend den Tatort ab. Der Kommissar kommt auf den Chef zu: „Um Himmels Willen, jetzt kommen wir schon das dritte Mal in diesem Monat zu Ihnen." „Es ist ganz furchtbar, ich kann es selbst nicht fassen." „Gibt es Zeugen?" „Ja, Frau Fuchs war schon wieder die erste und einzige Zeugin. Diesmal war es sogar noch schlimmer, denn die Kette soll vor ihren Augen verschwunden sein." „Wo ist Frau Fuchs jetzt?" „Ich bin doch hier, Herr Kommissar", sagt sie und steht plötzlich hinter den Herren. „Ach Frau Fuchs, es ist ja nicht all zu lange her seit dem letzten Vorfall", antwortet ihr der Kommissar. „Ich werde Sie dann ihre Arbeit machen lassen, ich habe sowieso noch etwas in eigener Angelegenheit zu tun", entgegnet der Chef dem Kommissar. Der Chef schnellt in Richtung der Personaltür und verschwindet. Er tritt an den Spind von Frau Fuchs, holt seinen Schlüsselbund aus der Hosentasche und öffnet den Spind mit seinem Generalschlüssel. „Also Frau Fuchs, Sie sagen also, als Sie die Halskette wieder in die Vitrine legen wollten war sie einfach weg. Und keiner war in diesem Moment bei Ihnen?" „Ich war alleine, ja." „Und Sie haben nichts Verdächtiges gesehen." „Nein, nichts." „Und was haben Sie getan, als Sie feststellten, dass die Kette nicht mehr da war?" „Ich drückte auf den Notfallknopf und der Chef kam. Danach war ich kurz auf der Toilette und - dann kam ich hier her, zu Ihnen." „Und so war es? So, und nicht anders", fragt der Kommissar mit ernsterer Stimme. „Genau so ist es passiert." „Ok, dann habe ich alles." Er ruft seine Kollegen und verlässt das Kaufhaus. Der Chef tritt perplex aus der Tür zum Personalbereich. Er wandert mit seinen Augen durch die Halle und scheint etwas Bestimmtes zu suchen. Da tritt Reverend Robertson zu ihm hin. „Hallo Reverend. Was bringt Sie zu mir?" „Oh, ich kam gerade rein und hab' Sie gesehen. Sie machen sich Sorgen nicht wahr?" „Ehrlich gesagt - ja. Es ist wegen Frau Fuchs. Schon wieder ist sie in einen mysteriösen Diebstahl verwickelt. Das hat mich nachdenklich gestimmt. Und als sie kurz nach dem Vorfall so schnell im Personalraum verschwand, habe ich selbst ein paar Nachforschungen angestellt, und als ich dann..." Er tritt ein paar Schritte in die Halle hinein. „Und als ich in ihren Spind schaute..." Der Chef blickt nach oben: „Aaahh!" Ein Blumentopf fällt auf seinen Kopf, zerbricht und der Chef sackt bewusstlos zusammen. „Scheiße! Kann jemand ein' Notarzt rufen!? Hier ist gerade jemand zusammengebrochen." Reverend Robertson blickt nach oben. *Wo kam bloß dieser Tontopf her*, fragt er sich. Wenige Minuten später treten zwei Sanitäter und zwei Polizisten durch die Tür. Ein Sanitäter kniet sich hin und versucht den Puls zu ertasten. Er findet ihn nicht, und fühlt nochmal. Immer noch nichts. Etwas nervös tastet er am Hals und stellt den Tod fest. Reverend Robertson erklärt den beiden Polizisten den Tathergang. Einer der

Polizisten läuft zum Streifenwagen und ruft die Spurensicherung. Das KaDeWe wird heute früher geschlossen. Nach und nach verlassen die Gäste das Kaufhaus. Viele fragen sich, was denn vorgefallen sei. Die Polizisten sagen nur, *hier gäbe es nichts zu sehen.* Mittlerweile wurde der Tatort abgesperrt. Die Leiche des ehemaligen Chef's wird gerade von den Sanitätern in den Krankenwagen geladen. Reverend Robertson verlässt mit einem Polizisten das Kaufhaus. Sie wechseln noch ein paar Worte und dann geht der Reverend in Richtung Kurfürstendamm davon.

Am nächsten Tag.

Reverend Robertson sitzt mit einem Kaffee im Wiener Café und blickt immer wieder zu der Juwelierabteilung rüber. Frau Fuchs steht dort wieder am Tresen und berät einen jungen Mann. Er möchte einen Verlobungsring kaufen. Zwei Ringe stehen in der engeren Wahl. Ein Ring mit geschliffenem Brillanten und ein Ring mit einem Rubin. Der Herr entscheidet sich für den Ring mit dem Rubin und bezahlt. Frau Fuchs steckt den Ring in eine dunkelblaue Kartusche.

Unter dem Tresen holt sie eine Papiertüte hervor, legt die Kartusche und die Rechnung hinein und reicht sie ihm rüber. Doch plötzlich ist der andere Ring nicht mehr da.

Frau Fuchs drückt den Notfallknopf. Und kurz darauf schaut sie sich aufmerksam um und verschwindet dann in Richtung der Personaltür. Reverend Robertson hat sie genau beobachtet. Er steht auf, verlässt das Wiener Café und geht ebenfalls zur Personaltür. Vorsichtig öffnet er sie und tritt in den Personalbereich. Am Eingang zum Raum mit den Spinden bleibt er stehen und beobachtet Frau Fuchs, wie sie an ihrem Spind schlüsselt. Sie legt etwas kleines in ihren Spind. Reverend Robertson betritt den Raum und überrascht Frau Fuchs: „Hallo Frau Fuchs." Sie zuckt derartig zusammen, dass sie mit ihrem Arm einen Boden aus ihrem Spind schlägt und alles mögliche an Schmuck aus dem Spind auf den Boden fällt. „Das...ich...ähm...ich kann...das - erklären." „Na dann. Ich höre zu - das wissen Sie doch." „Ich bin so verzweifelt. Mein Sohn. Er sitzt im Gefängnis. Doch er ist unschuldig. Und - es war - der einzige Weg, den ich sah. Ich bin total überfordert." „Frau Fuchs. Warum haben Sie denn nichts gesagt. Schon darüber zu reden kann doch helfen." „Aber ich muss doch für mein Kind...", jammert Frau Fuchs. „Sie müssen nicht. Manchmal tut es auch gut weniger zu tun. Manchmal ist es auch besser die Zügel des Lebens an den großen Herrn dort oben zu übergeben. Jedoch das wichtigste ist, niemand muss durch eine Krise alleine durch." Er nimmt die Gitarre vor den Bauch:

»Oh, Jesus hatte niemals eine Lebenskrise.«
»Kein Sportwagen, Haarschnitt oder junge Frau.«
»Niemals rauchen, trinken oder seltsame Tätigkeiten.«
»Oh, Jesus hatte niemals eine Lebenskrise.«
»Nie die Haare gefärbt - oder Pircings getragen«
»Es war ja schwierig, denn gekreuzigt wurde er mit dreiunddreißig Jahren.«

„Und Sie brauchen diese Krise auch nicht. Wenn Ihnen etwas auf dem Herzen liegt, kommen Sie zu mir." „Ich habe den Chef umgebracht! Ich war es!", poltert es aus ihr heraus. Sie bricht zusammen. „Ist ja gut Frau Fuchs. Ich bin ja da." Er kniet sich zu ihr herunter und nimmt sie in den Arm. „Es wird alles gut werden." Sie schluchzt und fängt an zu weinen.

Zwei Polizisten kommen in den Raum geschnellt. „Schhht." Der Reverend hat den Zeigefinger auf seinen Mund gelegt. Langsam hilft er Frau Fuchs aufzustehen und übergibt sie an die Polizisten. „Es tut mir leid", sagt sie zu Reverend Robertson mit gebrochener Stimme. Die Männer bringen sie raus und setzen sie auf den Rücksitz des Streifenwagens. Gemeinsam fahren sie in Richtung Wittenbergplatz davon.

Der Reverend tritt hinaus in die Halle des KaDeWe's. Das normale Leben geht da weiter, wo es gestern aufgehört hat. Er blickt in die Gesichter der Menschen. Keiner weiß, welch Tragik hinter dem Einhorn steckt. Jeder lebt sein Leben - jeder für sich.

Kapitel 6:

Der Konditor und seine Torte

Zwei Wochen später.

Das Eingangstor zum Friedhof ist teilweise eingefallen und mit Moos überwachsen. Es ist ein Rundbogen. Oben ist ein Wappen eingraviert. Die Schrift darunter ist mittlerweile verwaschen. Es ist kalt. Der Himmel ist wolkenverhangenen. Es regnet. Nur selten trennt eine Baumreihe von hohen Pappeln das nie endende Meer aus Grabsteinen. An einem Grab stehen sechs Menschen und ein Pfarrer. Alle in schwarz gekleidet. Jeder steht dort wie angewurzelt - einen dunklen Regenschirm haltend. Reverend Robertson spricht gerade über Wilfred Kuzinski - den ehemaligen Chef des Kaufhauses des Westens. „...für die, die ihn kannten war Wilfred ein Vater, ein Ehemann und ein Freund..." Eine Frau schluchzt. Sie trägt einen schwarzen Schleier über ihrem Gesicht. Neben ihr steht ein Junge nicht älter als fünfzehn Jahre. „...unter diesen tragischen Umständen zu früh in den Himmel zu gehen..."

Die Ehefrau schaut immer wieder zum Sarg auf der anderen Seite der Grabstelle hinüber. Es ist ein schöner Sarg. Nussbaum - reichhaltig verziert und oben mit dem ehemaligen Wappen des KaDeWe's aus Silber geschmückt. Die Stadt hatte ihn anfertigen lassen. „Erde zu Erde, Asche zu Asche und Staub zu Staub." Der Sarg wird währenddessen in das Grab hinuntergefahren. Der Reverend nimmt eine Handvoll Erde aus einem verchromten Krug links von ihm und lässt sie auf den Sarg rieseln. So tun dies auch die Witwe und ihr Sohn. Und langsam schreiten sie in Richtung des Ausgangs.

Wenige Tage später.

Heute ist der erste wärmere Tag. Auf dem Wittenbergplatz beginnen die Blätter zu sprießen. Viele Leute gehen heute das erste mal ohne ihre Winterjacke spazieren. Im KaDeWe wird der Balkon der Silberterrassen wieder geöffnet. Zwei ältere Damen setzen sich gerade an einen der Tische auf der Terrasse. Die Sonne wärmt bereits ein wenig. Die beiden Damen genießen das Wetter sichtlich. Da tritt ein

Kellner an den Tisch: „Sie wissen schon, was Sie bestellen möchten?" „Ähm - gerne eine große Kanne Kaffee mit zwei Tassen dazu und zwei Stücke Sachertorte." „Sehr wohl, die Damen." Der Kellner geht in die Küche. Hans Reiber steht an einem Tisch und verziert noch eine Schwarzwälder Kirschtorte. Als die Torte fertig ist stellt er sie in einen großen Kühlschrank. Währenddessen schneidet der Kellner an der Sachertorte herum. Die Kaffeemaschine neben ihm brodelt und pfeift bei der Zubereitung einer Kanne Kaffee. Er stellt alles auf ein Tablett und serviert es den beiden Damen auf dem Balkon.

Wiener Café - zur gleichen Zeit.

Frau Franz hilft heute in der Kuchenausgabe aus, da sich einige Mitarbeiter krankgemeldet haben. Sowieso läuft es im KaDeWe seit dem Tod des Chef's Kuzinski nicht mehr wie früher. Die Stimmung unter den Mitarbeitern ist seither nicht mehr die beste, da der Chef immer für den nötigen Zusammenhalt sorgte. Wäre er in den Ruhestand gegangen, wäre es leichter. Aber so fühlt es sich nicht richtig an. Irmgard reicht gerade das letzte Stück Schwarzwälder Kirschtorte über den Tresen. „Frau Franz. Würden sie bitte eine neue Torte aus der Küche holen?" Nickend macht sie sich auf den Weg. In der Küche trifft sie Albert. „Wo ist denn die Schwarzwälder, Albert?" Er deutet auf eine Tür. Frau Franz durchquert die Küche und öffnet die Tür. Sie muss viel Kraft aufwenden, um die Tür zu öffnen, da diese aus Eisen ist. Die Torte steht im Kühlraum. Sie nimmt sich die Torte und verlässt die Küche. In der Kuchenausgabe jedoch rutscht sie über eine etwas feuchte Stelle, taumelt hin und her und die Torte kippt ihr vorne über. Mit dem Kopf nach unten schlägt die Torte auf den Fliesen auf und die Sahne spritzt quer über den Boden. „Scheiße, NEIN!", schreit sie verzweifelt. Sie tritt einen Schritt zurück. Ihre Schuhe sind mit Sahne bedeckt. Irmgard dreht sich um und erschrickt: „Hach Gott, das gibt's ja nich'." Frau Franz kniet sich hin und versucht zu retten, was irgendwie noch zu retten geht. Da steht plötzlich Albert hinter ihr, den Mund weit offen. Er kann nicht fassen, was gerade passiert ist. Allmählich begreift er und verzweifelt. Er bricht beinahe in Tränen aus: „Das...ich...ich.

Das. Ähm...war eine Arbeit von drei Stunden! Ich.. ohhhhh, nein." „Es tut mir - wahnsinnig leid, Albert." „Okay, ich werde kurz mit Hans telefonieren und fragen, ob er noch eine Torte oben hat", sagt Irmgard und geht rüber in die Küche zum hausinternen Telefon. „Das war meine gesamte Arbeit heute Morgen Katarina! Ich fasse es nicht." „Es tut mir doch leid", setzt sie ihm entgegen, während sie die Torte aufwischt. „Gute Nachricht. Hans hat noch eine Torte oben", sagt Irmgard zu den beiden: „ich werde sie eben holen gehen", und verschwindet im Aufzug. Es klingelt eine Glocke und die Türen des Aufzugs öffnen sich. Irmgard geht schnell in die Küche der Silberterrassen. Die Torte steht bereits auf einem Tisch. Irmgard nimmt sie, bedankt sich bei Hans und verschwindet wieder. Sie tritt aus dem Fahrstuhl und geht in Richtung des Wiener Café's. Als sie hineingeht sieht sie nur noch, wie Frau Franz sich entrüstet eine kleine Käsesahnetorte aus der Theke nimmt und diese in Alberts Gesicht landet. „Aaaahhhhh, ich habe mich doch entschuldigt, Albert. Das ist kein Grund unhöflich zu werden!!" Albert steht versteinert da. So bleibt er einige Momente, dann reibt er sich ein paar Tortenstücken aus den Augen und blickt Katarina perplex an. Damit hat er nicht gerechnet. Irmgard stellt die Torte auf dem Tresen ab. Albert schaut zu ihr rüber und sieht den fragenden Blick in ihren Augen. Einige Sekunden später fängt er schallend an zu lachen. Dabei hält er sich den Bauch. „Aha ha ha ha ha." Bröckelnd fallen ihm immer wieder Stücken des Kuchens aus dem Gesicht. „Ach, wie kann ich dir jetzt noch böse sein, Katarina. Wenn Irmgard mich so ansieht. Gott sei Dank hat das keiner sonst gesehen." Mit dem Kuchen im Gesicht gibt er Katarina einen Kuss. „Na komm, mach dich sauber, Albert." Irmgard nimmt die Torte und stellt sie in die Theke. „Geht es dir gut, Katarina." „Ja, Albert kann so charmant sein." „ Seid ihr..." „Ja, wir treffen uns seit ein paar Wochen privat. Wir wollen heute Abend Essen gehen. Er hat mich eingeladen in das *Trattoria Romana* am Zoologischen Garten. „Das klingt ja schön. Dann wünsche ich euch viel Vergnügen heute Abend."

Wiener Café - 17:00 Uhr.

Albert tritt aus der Küche in die Kuchenausgabe. Irmgard und Katarina räumen gerade die letzten Platten aus der Glastheke. „Können wir dann gehen, Katarina?" Er rückt seine Krawatte zurecht. „Nur noch diese Teller, dann..." „Hach, das krieg ich auch so hin. Geht nur ihr zwei", sagt Irmgard. „Wenn das in Ordnung für dich ist." „Ja, ja. Geht, geht", meint Irmgard, diesmal etwas energischer. „Ok, dann - bis Morgen." Katarina verschwindet kurz im Personalraum und wirft ihre Schürze ab. Dann hakt sie sich bei Albert unter und gemeinsam verlassen sie das KaDeWe durch die Glastür. Ihnen folgend tritt ein in blau gekleideter Mann mit hinaus und schließt das schwere Eisentor. Beide überqueren die Tauentzienstraße und setzen sich an der Bushaltestelle hin. Katarina berührt Alberts Gesicht. „Du hast da noch ein Stück Torte." „Warte - wirklich?" „Ha. Nur ein Scherz." „Du, du. Das kam heute aber wirklich unerwartet. Also, die Torte. Ich hab sie nicht kommen sehen." „Vielleicht siehst du das ja kommen." Sie küsst ihn auf den Mund. Er legt seine Hände an ihre Wangen. So bleiben sie ein paar Sekunden. Als sie ihre Lippen voneinander trennen, schauen beide sich tief in die Augen. „Du bist so wunderschön. Ich könnte dir die ganze Zeit in die Augen schauen." Albert steht auf - ihre Hände haltend. Da fährt der Bus brummend und quietschend in die Haltestelle ein und hält. Eine Tür öffnet sich. Beide steigen ein und heulend beschleunigt der Bus und fährt in Richtung Zoologischen Garten davon.

Kapitel 7:

Die neue Leitung

Einige Wochen später.

Seit heute Morgen sitzt der Betriebsrat zusammen. Unter den Kollegen im KaDeWe geht seit einigen Tagen ein Gerücht herum, dass ein neuer Chef die Leitung übernehmen soll. Doch nur, weil er sich mit viel Geld eingekauft haben soll.

In der Betriebsratssitzung.

Zwölf Menschen sitzen an einem ovalen Tisch in einem Raum in der obersten Etage das KaDeWe's. Unter ihnen sitzt ein breit gebauter Mann mit schwarzen glänzenden Haaren die in einer hohen Welle zurückgekämmt sind. Er trägt einen beigefarbenen Anzug, dazu schwarze, glänzende Schuhe. Ein am Kopf sitzender Herr hält eine Rede. „...und bitte begrüßen Sie nun mit mir den neuen Chef des Kaufhauses des Westens. Henning Brown." Alle fangen an zu applaudieren. Herr Brown lächelt mit seinen perfekten weißen Zähnen in die

Runde. Dann steht er auf und knöpft sein Sakko zu. „Es ist mir eine Freude hier sein zu dürfen und eine Ehre die Führung über dieses Kaufhaus zu übernehmen. Und ich glaube, dass meine 500.000 Mark hier gut investiert sind. Damit wir so weitermachen können wie bisher - die Effizienz der Arbeit aber auch steigern können." Ein weiterer Applaus folgt. Er verbeugt sich leicht, öffnet sein Sakko und setzt sich wieder. Ein Champagner wird von einer Dame im Hintergrund geöffnet. Der Korken fliegt quer durch den Raum. Sie füllt ein paar Sektgläser, die auf einem hölzernen Tresen stehen und reicht sie den Herren. „Auf eine vielversprechende Zukunft", sagt der Herr am Kopf des Tisches und hebt sein Glas. Alle anderen tun ihm dies gleich, heben ihr Glas und geben im Chor wider: „Auf eine vielversprechende Zukunft." Sie trinken einen Schluck. Henning Brown stellt sein Glas ab: „Na dann, an die Arbeit. Zuerst würde ich gerne mit jedem Abteilungsleiter persönlich sprechen." Er schiebt seinen Stuhl zurück und verlässt den Konferenzraum. Im KaDeWe geht er zur Lebensmittelabteilung hinüber und spricht mit einer Frau Reihmann. Sie sitzt gerade an der Kasse. „Wie viele Kunden bezahlen denn hier innerhalb einer Stunde", fragt er sie. „Pro Stunde." Frau Reihmann stutzt. „Da müsste ich schätzen. Wahrscheinlich so um die fünfzig Kunden." „Fünfzig. Aha, okay." Frau Reihmann dreht sich um. „Wer sind Sie eigentlich, wenn man fragen darf." „Brown", er reicht ihr seine Hand: „Henning Brown. Die neue Leitung im KaDeWe." „Oh. Dann - herzlich willkommen." Eine Frau tritt an die Kasse. Sie ist groß, trägt eine graue Anzughose und dazu ein graubraunes Strickjäckchen. Außerdem hat sie einen großen Hut auf ihrem Kopf. Sie will Frau Reihmann zwei Scheine reichen, da gleitet ihr Arm in die Höhe und sie kippt um. Frau Reihmann schnellt von ihrem Stuhl hoch und beugt sich über die Kasse. Der Hut liegt neben der Frau. Ein gefrorenes Huhn kullert aus dem Hut heraus und rollt quer über den Boden. Frau Reihmann schnellt zu der Frau hin, die mittlerweile wieder bei Bewusstsein ist. „Geht es Ihnen gut." „Hä, ähm", sie fasst sich auf ihren immer noch kühlen Kopf: „Ich - glaube es - ist nichts passiert." Henning Brown tritt hinter der Kasse hervor, starrt auf das umher rollende Huhn und bemerkt nur: „Gibt es hier eigentlich einen Kaufhausdetektiv?" Frau Reihmann hilft der Frau auf. „Ja, Herr Brown. Wir haben mehrere Detektive", entgegnet sie ihm mit energischer Stimme. Sie hebt den Hut auf, gibt ihn der Frau und lässt sie mit ihren Einkäufen gehen. Frau Reihmann will zu einem Satz ansetzen, dreht sich um und sieht nur noch, wie Herr Brown in einem Aufzug verschwindet. Er drückt auf die 1 und die Türen schließen sich. Im ersten Stock ist die Hut- und Handtaschenabteilung. Henning Brown steigt gemächlichen Schrittes aus dem Aufzug. Er stellt sich an das Geländer der Freitreppe und lässt den Blick durch die Gänge schweifen. Dann macht er sich auf den Weg zur Handtaschenabteilung und sucht vergebens die Abteilungsleiterin. Von den Handtaschen aus erspäht er das Kuchenkarree. Während in seinem Mund das Wasser zusammenläuft, macht er sich auf den Weg zu Irmgards Kasse. „Sie müssen Irmgard sein." „Und Sie sind?" „Brown, Henning Brown. Ich bin ihr neuer Boss." „Und, was kann ich für Sie tun?" Irmgard lässt immer wieder den Blick von Henning Brown ab. „Ist etwas? Warum schauen Sie immer wieder zu den blinkenden Lampen hinüber", fragt er sie. „Hach, das ist nur… ." Plötzlich klingelt das Telefon hinter ihr. Sie nimmt den roten Hörer ab. „Suchen Sie umgehend alles nach einer möglichen Bombe ab!!", schallt es nur so aus dem Hörer. Sie legt auf und fängt an die Kuchenausgabe nach verdächtig aussehenden Gegenständen abzusuchen. „Was machen Sie da? Warum blinken diese Lichter? Und was sollte der Anruf? Ich verlange Antworten!" Irmgard tritt wieder entspannt aus der Theke hin zu Henning Brown. Sie lehnt sich in seine Richtung und flüstert ihm zu: „Über diese blinkenden Lampen erhalten wir alle möglichen Nachrichten. Denn hier wird nichts über eine Lautsprecheranlage übermittelt, sondern über diese Lampen. Vier Stück sind davon im KaDeWe verteilt. Und wenn die Lampen, wie in diesem Fall, abwechselnd blinken dann besteht ein Verdacht darauf, dass hier irgendwo eine Bombe oder ähnliches versteckt ist." „Eine BOMB...", weiter kommt Henning Brown nicht, da hält Irmgard ihre Hand auf seinen Mund. „Pscht. Nicht so laut! Das sollen die Kunden doch aber nicht wissen." Henning Brown schaut sich etwas ängstlich um. „Und was machen Sie dann?" „Wir suchen das Kaufhaus nach verdächtigen Gegenständen ab und melden das dann. Und wenn wir etwas finden, melden wir das auch und geleiten die Kunden nach draußen in den Hof." „In den Hof? Gute Idee. Das ist..." Henning Brown macht sich schnellen Fußes auf den Weg zum Ausgang und wirkt dabei etwas unsicher und ängstlich, während die anderen Kunden weiter in Ruhe einkaufen.

Heute war der Bombenalarm ein Fehlalarm. Das KaDeWe schließt gerade. Katarina hilft beim Putzen der Kuchenausgabe. „Was hältst du denn von dem neuen Chef, Irmgard?" „Nicht wirklich viel. Als heute der Bombenalarm war, da hat er Panik bekommen, obwohl er von mir doch gar nichts zu befürchten hat. Ich werd' schon nicht explodieren." Katarina schmunzelt: „Er hat sich bei mir erkundigt wie viele Gerichte ich pro Tag ausgebe. Dann wollte er ein Essen umsonst haben und sagte *Effizienz sei alles worauf es ankäme.*" Albert kommt aus dem Personalraum. „Ahh, Katarina mein Schatz. Der Tag war furchtbar. Also - erst fing er gut an. Dann kam dieser - Brown. Er wollte, dass ich mehr Kuchen am Tag backe. Daraufhin habe ich ihm erklärt, dass ein Kuchen seine Zeit brauche und er kein Zauberwort sprechen könne um das zu beschleunigen. Und dann hat er mit seinen Wurstfingern einfach in die geschlagene Sahne für die Schwarzwälder gefasst und probiert. Die Sahne war nicht mehr zu gebrauchen." „Tröste dich Albi, bei mir hat er sich genau so unverschämt verhalten." „Wir sind uns also einig, dass wir ihn alle nicht leiden können", fasst Irmgard zusammen. Beide nicken zustimmend. Nachdem die Kuchentheke gereinigt ist, verlassen alle drei das Kaufhaus. Katarina und Albert setzen sich an der Bushaltestelle. Irmgard verabschiedet sich von beiden, überquert die Tauentzienstraße und verschwindet im U-Bahnhof Wittenbergplatz. Während Katarina und Albert eng beieinander sitzen versinkt die Sonne hinter ihnen zwischen den Häuserdächern Berlins und hellgrün schimmern die sprießenden Blätter der Bäume.

Ein paar Tage später.

Henning Brown hat eine Sitzung des Betriebsrates einberufen. Nicht alle Mitglieder sind erschienen. Doch jene, die dort sitzen, fragen sich warum sie jetzt dort sitzen. Henning Brown schreitet etwas nachdenklich um den Tisch herum. Die Blicke der Herren folgen unauffällig, jedoch besorgt dem Chef. Ein Herr hebt seinen Finger: „Was genau mach..." „Ruhe!" Henning Brown stellt sich an einen leeren Stuhl: „Wissen Sie, wie ich so erfolgreich geworden bin? - Weil ich der beste war. Weil ich meine Meinungen immer durchgesetzt und meine Konkurrenz immer gebrochen habe! Ich bin damals nach Amerika gegangen, um Erfolg zu haben. Und ich habe drei Kaufhäuser aus dem NICHTS aufgebaut und jeweils im ersten Jahr mindestens 1 Milliarde Dollar Umsatz eingefahren. Das erreicht man nur mit Ehrgeiz und Effizienz. Effizientes Denken und Handeln. Ich bin hierher gekommen, um genau dasselbe zu tun. Doch stehen mir hier viele Menschen im Weg. Ineffizientes Handeln und schlechte Organisation beeinflussen diesen Erfolg. Und deshalb sind Sie alle heute hier - um etwas zu verändern und effizienter zu werden." „Ich - verstehe nicht..." „Frau Franz aus der Zillestube. Konditoren Staller und Reiber. Kassiererin Reihmann. Personal, dass noch wesentlich effizienter arbeiten könnte, es aber nicht tut. Hier wird sich in der Zukunft einiges ändern. Und jetzt fängt diese Zukunft an. Ich beantrage hiermit die Aufhebung der Unkündbarkeit von Frau Franz. Wer ist dafür?" Er blickt in die Runde. Keiner hebt seinen Arm. „Sie sind allesamt austauschbar! Also, wer ist dafür!" Nach und nach heben einige die Hand. Nach einigen Minuten sind alles bis auf Einen dafür. Ein älterer Herr in dunkelblauem Anzug mit Platte und einer runden Brille weigert sich. „Na gut. Die Mehrheit ist dafür. Die Unkündbarkeit der Kollegin Franz wird somit umgehend aufgehoben." Herr Brown richtet seinen Blick auf den Herrn mit der runden Brille: „Würden Sie bitte den Raum verlassen." „Wie, warum?" „Weil sich der nächste Entlassungsantrag um Sie dreht." Seine durch die Brille größer wirkenden Augen werden glasig. Paralysiert steht er auf und verlässt stumm den Raum. Die schwere Tür schließt sich hinter ihm. Er weitet seine rotbraune Krawatte und schlurft in Richtung des Aufzuges.

Einige Stunden später.

Irmgard ist gerade dabei eine neue Torte auf einer Platte anzurichten, da stürzt Katarina an die Theke mit einem Brief in der Hand. Irmgard schreckt hoch und sieht Katarina anfangen zu weinen. „Die...die...die wollen...mich entlassen!" Sie bricht beinahe zusammen. Irmgard setzt sich mit ihr an einen Tisch und schaut sich das Schreiben genauer an. *Hiermit werden Sie, Katarina Franz aus betrieblichen Gründen gekündigt.* „Gezeichnet H. Brown!? Dieser Unmensch. Das kann der nicht machen. Ich - ich geh da hoch - und werde mit denen sprechen!" Irmgard stürmt aus dem Wiener Café und verschwindet in einem Aufzug. Oben schnellt sie aus der Kabine, an der Sekretärin vorbei in das Büro des Betriebsratsvorsitzenden. „Hören Sie, das geht doch nicht." Sie pfeffert ihm die Kündigung auf den Schreibtisch. „Wie können Sie bloß so etwas tun. Das ist unmöglich. Frau Franz ist am Boden zerstört!" „Ich bin da leider machtlos. Herr Brown hat mich dabei übergangen. Und ich kann es nicht verantworten ihn und seine Investition in dieses Kaufhaus zu verlieren." „Und deshalb lassen Sie es zu, das dieser - dieser..." „Dieser WAS", hört sie plötzlich jemanden hinter sich sagen. Irmgard dreht sich um. Henning Brown steht hinter ihr, seine Arme verschränkt. „Ja, Sie, Sie Unmensch Sie. Wie können Sie sowas bloß tun." „Ich tue dies aus gutem Grund. Und jetzt - gehen Sie nach Hause!" „Das war nicht das letzte Mal, dass wir uns gesprochen hab'n Herr Brown." Irmgard verlässt den Raum mit energischem Schritte. Henning Brown schaut ihr mit leicht zusammengekniffenen Augen hinterher. „Berufen Sie für morgen eine weitere Ratssitzung ein", sagt Henning zu dem Vorsitzenden des Betriebsrates: „und sorgen Sie dafür, dass alle Mitglieder erscheinen, denn hier - wird sich noch einiges ändern." Lächelnd verlässt Henning Brown das Büro des Betriebsratsvorsitzenden. Kurz zweifelnd beruft er schließlich doch alle Mitglieder für eine Sitzung ein. Draußen zieht sich der Himmel langsam mit Wolken zu. Die Sonne verschwindet hinter einer besonders dunklen Wolke und in der Ferne hört man leichtes Donnergrollen. Irmgard hält kurz vor dem Eingang zum U-Bahnhof inne und richtet ihren

Blick in den immer dunkler werdenden Himmel. *Da braut sich was zusammen* denkt sie still. Ihr Blick wird ängstlicher und dann verschwindet sie in der Bahnhofshalle.

Am nächsten Morgen.

Irmgard erschrickt als sie aus dem U-Bahnhof tritt. Die Tauentzienstraße ist komplett überschwemmt. In der Nacht hat es sehr stark gewittert. Einige Bäume auf dem Wittenbergplatz wurden durch Blitze in Brand gesteckt, zerteilt oder gänzlich zerfetzt. Sie blickt rüber zum KaDeWe. Nahe eines Blitzableiters sind ein paar Fensterscheiben zersprungen. Schnell zieht sie ihre Schuhe aus, um durch das Wasser auf die andere Straßenseite zu gelangen. Währenddessen steht Henning Brown im sechsten Stock am Fenster des Besprechungsraumes der Ratssitzung. Er hat bereits die Kündigung der Konditoren Staller und Reiber erwirkt. „Als letzten Punkt habe ich die fristlose Entlassung von der Kollegin Irmgard...ähm. Naja, der Kollegin an der Kuchenausgabe. Wer ist dafür?" Fast alle Ratsmitglieder heben die Hand. Der

Betriebsratsvorsitzende zögert. „Wenn das hier nicht so läuft wie ich das will bin ich weg - mit meinem Geld!" Vorsichtig hebt der Betriebsrat seine Hand. „Einstimmig. Wunderbar, dem habe ich nichts mehr hinzuzufügen. Sie können gehen." Henning dreht sich zum Fenster und starrt mit zufriedener Miene in die Ferne.

Kurze Zeit danach im Wiener Café.

Albert und Hans stürmen an die Theke mit demselben Schreiben, wie auch Katarina eines bekommen hat. „Es wird behauptet, dass auch du entlassen werden sollst", sagt Albert etwas außer Puste. Irmgard hat einen Blick der Fassungslosigkeit im Gesicht. Sie nimmt alles zusammen und setzt dem entgegen: „Das endet HIER und JETZT! Die können uns doch nicht einfach alle rausschmeißen." Da tritt eine junge Frau mit blonden Haaren ins Wiener Café. „Hallo, Daniele ist mein Name. Man sagte mir, ich finde hier eine - Irmgard. Sie soll mir zeigen, wie das hier abläuft. Ich arbeite hier ab heute." Irmgard wird wütend: „Der...dieser Brown. Der kriegt jetzt ein paar Takte zu hören. Wenn ich schon gehen muss, dann laut! Und

Sie, Sie verschwinden hier. Ich bilde nicht aus - seit ein paar Minuten nicht mehr." Sie schnellt in den Fahrstuhl und stürmt in das Büro des Betriebsratsvorsitzenden: „Wo ist Brown. Ich muss umgehend mit ihm sprechen!" „Sie kommen zu spät. Er ist nicht mehr hier." „Dann sagen Sie mir, warum lassen Sie das mit sich machen. Egal wie viele Kaufhäuser dieser Mann in kurzer Zeit aufgebaut haben will - wieso lassen Sie sich das gefallen. Es mag vielleicht effizient sein uns durch jüngeres und schnelleres Personal zu ersetzen, jedoch ist das nicht gerecht. Bevor dieser Geldhai hierher gekommen ist lief es doch immer gut. Außerdem ist das hier doch kein einfaches Kaufhaus. Das hier ist das KaDeWe. Und wenn dieser Brown erreicht hat, was er will, so wird an diesem Gebäude vielleicht noch *Kaufhaus des Westens* stehen, aber die Atmosphäre, der charmante Kern der Struktur geht verloren. Und dann kann ich nichts anderes tun, als »*ihr Etablissement weiterzuempfehlen*«. Einen schönen Tag noch." Irmgard dreht sich um und geht. „Halten Sie ein! Ach, es ist furchtbar. Mhhh. Na gut. Ich mach's. Was haben wir schon zu verlieren." „Bis auf 500.000 Mark", sagt Irmgard während sie sich wieder umdreht. „Was ist schon viel Geld, wenn man sich davon keine guten Mitarbeiter kaufen kann", er lächelt Irmgard entgegen. „Gleich morgen werde ich Henning Brown sagen, dass unsere Zusammenarbeit endet und Ihre Kollegen und Frau Franz wieder einstellen. Also kommen Sie morgen. Sagen Sie das bitte auch den anderen." „Vielen Dank, herzlichen Dank." Irmgard verlässt das Büro und berichtet ihren Kollegen die gute Nachricht.

Henning Brown tritt am nächsten Morgen durch die Eingangstür. Er sieht Katarina Franz, Albert Staller, Hans Reiber, Rita Reihmann und Irmgard neben den Kassen stehen. „Habe ich Sie nicht alle entlassen", fragt er. „Dann erkundigen Sie sich doch mal bei dem Vorsitzenden des Betriebsrates", entgegnen sie ihm alle im Chor. Er betritt den Fahrstuhl und fährt nach oben. Mit fragender Miene tritt er in das Büro des Betriebsratsvorsitzenden. „Warum stehen dort unten die Leute, die ich gestern alle entlassen habe?" „Weil sie nicht entlassen sind. Sie sind hier angestellt, wie immer. Sie mein Freund sind das jedoch nicht." „Bitte?" „Sie hören schon ganz richtig. Unsere Zusammenarbeit ist seit heute Morgen beendet." „Das...das können Sie nicht machen." „Und wie ich das kann." Der Vorsitzende des Betriebsrates hebt den Kooperationsvertrag von seinem Schreibtisch auf, zerreißt diesen in kleine Stücke und wirft sie Henning vor seine polierten Schuhe. „Ich habe drei Kauf..." „Und wenn Sie hundert Kaufhäuser hätten. Das Kaufhaus des Westens wird keines davon sein. Ich wünsche noch einen schönen Tag. Und jetzt - RAUS, AUS MEINEM BÜRO!" Er setzt sich hin. Henning Brown dreht sich langsam um und verschwindet im Aufzug. Als er unten an den Kassen vorbeigeht winken ihm alle Kollegen lächelnd zu und singen:

»*Es ist Zeit zu geh'n*«

»*Wir woll'n dich nie mehr seh'n*«

»*Schlechte Zeiten werden vergeh'n*«

»*Denn man kann nur nach vorne geh'n*«

Gemeinsam lachen sie und freuen sich, dass jetzt wieder alles gut wird. Der Vorsitzende des Betriebsrates lässt die Silberterrassen schließen und lädt seine Kollegen ein, dort mit ihm diesen Triumph zu feiern.

Alle stoßen sie an: „Auf Irmgard!"

Der Erfolg von Henning Brown bleibt in Deutschland aus. Nach wenigen Wochen reist er wieder nach New York und kehrt nie wieder nach Deutschland zurück.

Kapitel 8:

Das Ende einer Ära

Auf der Hauptstraße fahren einige Kutschen vorbei. Ein Herr im Anzug reitet auf einem schwarzen Araber die Hauptstraße entlang und kommt schließlich vor dem Gebäude zum stehen. Er steigt ab. Er trägt lederne, schwarze Stiefel mit silbernen Sporen. Sie klingeln, wenn er mit dem Fuß auftritt. Er macht sein Pferd an einem eisernen Pfosten fest und geht in den Gebäudekomplex. Über dem Eingang steht Kaufhaus Des Westens. An der sich schließenden Tür hängt ein Zettel. Kaufhaus des Westens - Eröffnung am Mittwoch, den 27. März 1907. Mittlerweile ist es Juni, dennoch hängt der Zettel noch immer hier. Hier ist immer etwas los. Zwei Frauen mit Pelzmänteln schreiten quer über den Boden des Erdgeschosses. Sie verschwinden in der Mantelabteilung. Eine Gruppe von Kindern rennt die Treppe hinauf. Oben reißen sie beinahe einen Butler um, welcher ein Tablett mit Kaffee und Kuchen in der Hand hat. Gerade rechtzeitig können sie ausweichen und entschuldigen sich bei dem Herrn. Ein Graf im Frack und Monokel auf dem Auge steigt in einen Aufzug und bittet den Fahrstuhlführer in die dritte Etage zu fahren.

Im August beehrt König Rama V. von Siam das KaDeWe mit seinem Besuch. Zwei Tage verbringt er hier, kauft ein, diniert und flaniert für 250.000 RM. Durch diesen Besuch bekommt das KaDeWe den Status eines Kaufhauses für den wahren Hochadel und wird in der Welt bekannter und beliebter. Und bis zum Ersten Weltkrieg soll sich dieses Privileg auch nicht ändern.

Bei seiner Wiedereröffnung in der Weimarer Republik wird bereits das neue Radio für die Reklame des Kaufhauses des Westens genutzt. Schrill und kratzend ertönt die Stimme im Radio: „Das Kaufhaus des Westens. Alles in einem Haus. Am Wittenbergplatz." Die bunte, lebhafte Kultur des Adels und der gut verdienenden Bevölkerung hebt das Kaufhaus in den 20er Jahren in eine neue Ebene. Biedermeier und der Expressionismus bestimmen einen großen Teil der angebotenen Ware.

Bei seiner erneuten Wiedereröffnung nach dem zweiten Weltkrieg warten schon viele Menschen gespannt darauf, dass sich das schwere Eisentor des Haupteingangs senkt und sie mit eigenen Augen das neue KaDeWe von innen bestaunen können. Die Kuchenausgabe und die umdekorierten Silberterrassen sind besonders beliebt. Denn erstmals bietet das Kaufhaus Waren für jeden an.

Ende der 70er Jahre.

Und hier treffen wir Irmgard. Reverend Robertson steht bei ihr an der Kuchentheke. „Ich nehme nur einen Kaffee, Irmgard." „Ist gleich fertig. Warum setzen Sie sich nicht schon mal. Ich bringe Ihnen den Kaffee dann zum Tisch." Reverend Robertson lächelt Irmgard an, dreht sich dann um und setzt sich an einem Tisch hin. Kurz darauf bringt Irmgard Reverend Robertson seinen Kaffee. „Setzen Sie sich." Irmgard blickt zu der Kuchenausgabe hinüber und setzt sich dann. „Naja, ein wenig Zeit habe ich."

„Ich komme her, da ich weiß, dass unsere Zeit hier im KaDeWe begrenzt ist, Irmgard. Irgendwann geht auch dieses Kapitel zu Ende." „Ich glaube ich verstehe nicht." „Vielleicht jetzt noch nicht. Die Antwort auf diese Frage liegt in der Zukunft. Jedoch habe ich jetzt keine Zeit mehr. Auf ein baldiges Wiedersehen." Reverend Robertson trinkt noch den letzten Schluck aus seiner Kaffeetasse, stellt sie auf dem Tisch ab, steht auf und verlässt langsam aber bestimmt das Kaufhaus.

Mit fragender Miene schaut sie ihm hinterher. Dann richtet sie ihren Blick auf den Tisch. Die Kaffeetasse steht nicht mehr dort. Stattdessen liegt an ihrer Stelle ein kleiner Zettel. Irmgard hebt ihn auf. Auf einer Seite steht etwas geschrieben. Es ist extrem klein und etwas wackelig geschrieben. For...For..etz...ng - ... Fort...etzung. Das, das ist ein s. Fortsetzung?, entschlüsselt Irmgard. Etwas verwirrt steht sie auf und tritt hinter die Kuchentheke. „Irmgard", spricht sie plötzlich eine ältere Dame an.

„Fräulein Wessler. Das ist aber eine Überraschung. Das letzte mal war.." „Vor vier Monaten, richtig", entgegnet Fräulein Wessler Irmgard. „Wie geht es Ihnen? Was haben Sie seither gemacht?..." Draußen fängt es gerade an zu schütten. Es wird dunkler und viele Menschen strömen in das KaDeWe, um einer Regendusche zu entgehen. Ein Bus fährt durch eine sich bildende Pfütze und spritzt dabei ein paar Leute nass. Im KaDeWe geht es währenddessen weiter wie immer. Menschen sitzen im Wiener Café und auf den Silberterrassen und genießen das Ambiente im Kaufhaus des Westens.

Zweitausend und zwanzig Jahre nach Christus.

Das Wiener Café gibt es mittlerweile nicht mehr. Auch die Silberterrassen sind seit zwanzig Jahren geschlossen. Das gesamte Kaufhaus ist verriegelt, da sich seit 2020 ein tückisches Virus in der Welt verbreitet und auch vor einem Jahrhundert alten Kaufhaus nicht halt macht. Das KaDeWe hat sich in den letzten vierzig Jahren stark gewandelt. Es ist leider kein klassisches Kaufhaus mehr. Henning

Brown wollte es tun, andere haben es getan. Das KaDeWe ist mittlerweile nur noch eine ausgehöhlte Architektur, die den Namen Kaufhaus des Westens trägt, jedoch steckt kein Kaufhaus mehr darin. Bei dieser üppigen Geschichte hinter dem Namen überrascht der Erfolg der Branche die dahintersteckt.

Zu den Figuren.

Einiges hinter den Geschichten ist erfunden. Jedoch ist diese Tatsache nicht schlimm, da alles irgendwann einmal erfunden wurde. Irmgard hingegen gibt es wirklich. Sie hat im KaDeWe gearbeitet - viele Jahre sogar. In der guten alten Zeit.

Jede Geschichte hat ihren Anfang.
Jede Geschichte hat ihr Ende.
Der Teil, der dazwischen liegt, ist erzählenswert.
Und wenn Geschichten verloren gehen,
Werden sie zu Legenden.
Eines bleibt jedoch ein Mythos.
Fortsetzung?

Reverend Robertson